Le
MORTIER
ROSE

D1086043

Données de catalogage avant publication (Canada)

Plamondon, Christine, 1960-

Le mortier rose

ISBN   2-7640-0127-4

PS8581.L24M67 1996   C843'.54   C96-941109-X
PS9581.L24M67 1996
PQ3919.2.P52M67 1996

LES ÉDITIONS QUEBECOR
7, chemin Bates
Bureau 100
Outremont (Québec)
H2V 1A6
Tél.: (514) 270-1746

© 1996, Les Éditions Quebecor
Dépôt légal, 4e trimestre 1996

Bibliothèque nationale du Québec
Bibliothèque nationale du Canada
ISBN: 2-7640-0127-4

Éditeur: Jacques Simard
Coordonnatrice à la production: Dianne Rioux
Conception de la page couverture: Bernard Langlois
Photo de la page couverture: Kerry Hayes / Masterfile
Révision: Sylvie Massariol
Correction d'épreuves: Jocelyne Cormier
Impression: Imprimerie L'Éclaireur

Tous droits réservés. Aucune partie de ce livre ne peut être repro-
duite ou transmise sous aucune forme ou par quelque moyen
électronique ou mécanique que ce soit, par photocopie, enregistrement ou par quelque forme d'entreposage d'information ou
système de recouvrement, sans la permission écrite de l'éditeur.

DANGER

LE
PHOTOCOPILLAGE
TUE LE LIVRE

Le MORTIER ROSE

Christine Plamondon

Les Éditions Quebecor

À Jean,
pour sa complicité

Et voilà, tu vois, tu n'as plus la parole,
ton cœur n'a plus besoin de battre,
plus la peine de respirer.
C'était une agitation bien inutile,
n'est-ce pas?

Eugène Ionesco
Le roi se meurt

Prologue

Isabelle Laurent était à se remémorer, pour la énième fois, différentes situations qui l'avaient liée à Dora McLeod. Sans doute toute cette histoire eût été plus facile à oublier si ses cauchemars l'avaient laissée respirer un peu. Quelqu'un les poursuivait, elle et Dora, une ombre menaçante. Toujours la même. Une fois réveillée, c'était Dora lui apprenant à aimer les livres. Dora l'emmenant au concert. Dora triste, Dora joyeuse. Dora se laissant flotter sur les eaux bleutées de la piscine de l'hôtel ou combattant les vagues océanes. L'enfant Dora collant patiemment des étiquettes sur la bimbeloterie dont elles comptaient toutes deux se débarrasser à la foire annuelle de leur village natal. Toute petite, se rappelait Isabelle avec tendresse, elle clamait à tous vents son immortalité. C'était vrai, elle était immortelle grâce à ses livres. Toutes époques confondues, Isabelle revoyait le merveilleux sourire omniprésent mais insondable. Que s'était-il donc passé?

Chapitre 1

Le mardi 7 mars 1995, le corps de Dora McLeod avait été trouvé, gisant par terre, dans son appartement de la rue de l'Épée. Le commissariat de police en avait été avisé par un appel anonyme. L'appel ayant été très court, l'individu dont la voix, de toute évidence travestie, avait communiqué le précieux renseignement n'avait pu être démasqué. Cependant, on savait que l'appel provenait d'une cabine téléphonique située à quelques rues de l'appartement de Dora. Elle avait été étranglée à l'aide d'une corde enserrée autour de son cou gracile. Le cadavre présentait une particularité: on lui avait cloué sur la tête un mortier, c'est-à-dire cette coiffure que portent les étudiants le soir de la collation des grades. Bien qu'il arborât la forme classique, ce mortier-là était cependant rose.

Autrement dit, voulant être bien certain que l'on retrouve le corps paré de ce curieux couvre-chef mortuaire, le tueur avait pris la peine de se munir d'un marteau et de clous dans le but de le fixer sur la boîte crânienne de la victime de telle sorte qu'il ne puisse tomber. De plus, une profonde entaille avait été faite au poignet gauche. De celle-ci s'était écoulé assez de sang pour former une petite mare. La police ne disposait d'aucun indice sérieux quant à l'auteur de ces actes puisque le travail semblait avoir été effectué à l'aide de gants. En fait, quantité d'empreintes avaient été relevées un peu partout dans l'appartement mais pas sur le corps de la victime, ni sur les tasses trouvées sur la table, sauf, bien entendu, celles de Dora. Et rien n'indiquait que la serrure ait pu être forcée ou qu'il y ait eu la moindre effraction. La porte n'était pas verrouillée lors de l'arrivée des policiers.

Le lendemain, vers 1 heure du matin, à la station de métro désertée, voilà en substance ce qu'était en train de lire Vincenze Cabrelli, lorsqu'il s'étouffa avec son café. Au moment où se pointa l'enfilade des voitures attendue, il jeta son verre de polystyrène et s'avança vers la première qui fonçait en grinçant sur ses rails.

— Ce n'est pas possible, Dora...

Une vigoureuse poussée l'envoya plus tôt que prévu à la rencontre de la voiture de métro; tout ce qu'il avait commencé à se rappeler à propos de Dora McLeod gicla dans les airs en même temps que sa matière grise et ainsi son désespoir fut de courte durée. Il s'agissait du huitième meurtre perpétré sur l'île de Montréal depuis le début de cette année 1995.

Chapitre 2

L'inspecteur Marcel Poirier et son chef Richard Drapeau avaient fouillé l'appartement de l'écrivaine Dora McLeod et n'avaient remarqué aucun désordre apparent. Cependant, l'aspect en était déconcertant et tout à fait original. Des toiles d'araignée pendaient de partout. Cela avait été une des dernières lubies de Dora que de laisser proliférer ces toiles, car elle n'osait détruire de si beaux travaux... Parmi les découvertes intéressantes faites ce jour-là se trouvaient des cartes postales au contenu ambigu, bien camouflées à l'intérieur du velours d'une boîte à bijoux dont le dessus était brodé à la main.

Dans les nombreux placards se trouvaient des vêtements assez particuliers qui trahissaient une Dora portée sur les déguisements. Cela allait des robes à crinoline du XIXe siècle à celles des Années folles, en passant par des tailleurs des années 50 à la mode de New York. Ces costumes étaient indéniablement authentiques. Des chapeaux cloches faisaient bon ménage avec de charmants petits bibis de toutes les couleurs. Un fume-cigarette en argent, des boas, des capes, des guêtres, plusieurs paires de fines bottines, des dentelles et des éventails à foison. Elle aurait pu ouvrir un magasin avec tous ces objets, voire un musée. Il y avait de superbes chandeliers partout, dont trois dans la salle de bains. Ils dégoulinaient tous de cire figée, ce qui dénotait une utilisation fréquente. Celui qui surplombait la baignoire sur pieds était splendide. Aux nombreux placards faisant partie de la structure de la spacieuse habitation étaient venues s'ajouter deux armoires anciennes et des patères. Presque tous les placards, armoires et accessoires de rangement étaient remplis des affaires de Dora, bien qu'environ l'équivalent d'un placard ait été occupé par des vêtements d'homme assez simples en comparaison de ceux de la femme. Dora McLeod semblait vouer un culte à tout ce qui n'était pas de l'époque — était-ce toujours la postmoderne ou en étions-nous déjà à une autre étape? — et vivre dans un autre temps. Même la nourriture n'y échappait pas. Par exemple, les flocons d'avoine étaient entassés dans une boîte de métal qui devait dater des débuts de la société Quaker. Des pâtes de toutes les formes remplissaient de pimpants bocaux en verre coloré. Il y avait çà et là des contenants de terre cuite. Pas de matière plastique à l'horizon. Drapeau croyait rêver. Au moment de la découverte du corps, deux chats qui ne bougeaient pas d'une vibrisse semblaient se fondre dans le décor comme deux statues de marbre au milieu de tous ces objets hétéroclites. Drapeau aurait pu, comme chef, dépêcher quelqu'un d'autre à sa place sur les lieux du crime, mais il ne regrettait aucunement sa visite.

Quand, par la suite, les policiers avaient fouillé le petit cabanon attenant au stationnement de la cour intérieure du duplex où habitait Dora McLeod,

Marcel Poirier avait remarqué une latte du plancher qui bombait. En la soulevant, il avait trouvé un couteau maculé de sang.

* * *

Deux jours plus tard, la police nageait toujours en plein mystère. Le téléphone ne dérougissait pas au commissariat. Dora était très connue et ses lecteurs et lectrices ne pouvaient croire ce qui lui était pourtant bel et bien arrivé. Ils avaient lu les journaux à sensation et voulaient des détails:

— Qu'est-ce que c'est que cette histoire de mortier?

— Qui l'a tuée?

— Était-elle en train d'écrire un autre bouquin?

Les policiers essayaient de se débarrasser à la fois des curieux et des journalistes et coupaient court aux questions:

— Ne vous inquiétez pas messieurs dames, tout le quartier est passé au peigne fin. Mais nous ne possédons aucun indice sérieux pour l'instant.

* * *

— Qu'y a-t-il Marcel?

— Euh... On a trouvé un autre cadavre à la station Namur, gisant sous la rame du métro. C'est arrivé vers 1 heure du mat.

— C'est curieux...

— Qu'est-ce qui est curieux?

— La plupart du temps, les désespérés se flanquent devant le métro aux heures d'affluence afin que le plus de gens possible soient témoins de leur détresse.

— C'est un cliché...

— Peut-être...

— Mais de toute façon, qui a parlé de suicide?

— Quoi, un autre meurtre?

— Bien, d'après l'inspecteur qui s'est rendu sur les lieux, le conducteur aurait vu un homme pousser le malheureux et d'après l'examen superficiel des blessures, il semblerait que la nature de l'impact ou plutôt la hauteur à laquelle le front a heurté...

— Bon, apportez-moi le dossier que j'y jette un coup d'œil.

Mais l'histoire du métro préoccupait moins Richard Drapeau que l'affaire précédente et il ignorait, pour l'instant, le lien entre les deux meurtres. Il ne savait plus où donner de la tête en ce premier trimestre de l'année 1995.

Son confrère Marcel Poirier était un petit homme grassouillet, avec un perpétuel air surpris; il était très sympathique de prime abord, et même ensuite. Il suivait Richard comme son ombre dans toutes les enquêtes criminelles dont celui-ci avait la responsabilité. Quant à Richard Drapeau, c'était un bel homme plutôt mince, dans la cinquantaine. Il avait embrassé la carrière d'agent de police environ vingt-cinq années plus tôt. Il s'était marié à peu près à la même époque, mais son mariage battait de l'aile. Comme cela arrive souvent, ce n'était la faute ni de l'un ni de l'autre, mais le quotidien avait gommé petit à petit ce qui les unissait. Ne restaient que les différences qui n'étaient même plus fascinantes.

Compte tenu de sa compétence, de son incorruptibilité et de son charisme, il était inévitable que Richard Drapeau se retrouve, au bout de quelques années, à la tête de la section des homicides. Pour l'heure, il était obsédé par l'affaire Dora McLeod. Il revoyait sans cesse l'écrivaine à qui la mort avait donné l'allure de l'une des têtes de l'Hydre de Lerne, mais casquée comme une finissante au baccalauréat. Il pensait aussi au personnage de Bérénice dans l'*Aurélien* d'Aragon, qui avait fait faire son masque mortuaire alors qu'elle était en vie. Pour ce qui était de Dora, les croque-la-mort allaient se charger de lui redonner un semblant de normalité. *Comment les appelait-on maintenant? Ah oui, les thanatologues. Thanatos. Éros et Thanatos. Non, rien d'Éros ici.*

Ces réflexions l'amenèrent à penser aux maniaques qui violaient les cadavres et il fut près de vomir.

Décidément, cette histoire de mortier... je ne savais même pas comment s'appelait cette toque d'universitaire avant cette affaire... Richard

Drapeau, contrairement à beaucoup de ses collègues, était plutôt cultivé et porté sur les arts. Autodidacte acharné, sa passion avait toujours été la lecture. En secret, il aimait bien croire qu'il avait quelques traits communs avec le Dalgliesh de P.D. James. En lisant ce mot dans les journaux, il avait pris la peine d'en vérifier tous les sens dans certains ouvrages de langue; il y avait noté, entre autres, qu'il pouvait désigner un bonnet porté par les magistrats. Puis, dans un dictionnaire bilingue qu'il possédait, il était proposé comme équivalent de *mortarboard*, avec le sens de coiffure universitaire. Sa curiosité satisfaite, il l'avait adopté malgré quelques réticences, car il y avait, contenues dans ce terme, les quatre lettres formant mort, un mot qu'il exécrait.

Chapitre 3

La découverte du corps de Dora se produisit environ sept mois après la visite de celle-ci au cimetière du quartier Côte-des-Neiges, où elle était allée constater que les cendres de son homme, Massimo, s'y trouvaient bien, comme il en avait exprimé le souhait dans son testament; elle avait elle-même été absente en quelque sorte pendant un long mois, à la suite du terrible accident de voiture ayant emporté son amant. Il avait choisi ce cimetière pour être près de sa mère, qui le lui avait fait promettre sur son lit de mort. Cette dernière était morte à petit feu, d'un cancer du sein.

À ce moment précis, Dora elle-même se sentait déjà un pied dans «l'urne».

Cette visite n'avait apporté aucun bienfait à Dora du point de vue psychologique puisqu'elle n'avait pas pu toucher le corps. Pas de matière à toucher, mort d'autant plus difficile à croire. Elle en était sortie avec un pas de somnambule, et s'était mise à errer dans des rues qu'elle arpentait silencieusement, machinalement, comme une âme en peine. Sur le point de traverser à un feu vert, elle vit deux hommes qui gesticulaient, lui criant d'appeler le 9-1-1. Mais elle ne les entendit pas. Puis elle vit une forme recroquevillée à côté d'eux, mais elle poursuivit sa route automatiquement. La forme ne renvoya à son cerveau qu'une image de moustique écrasé. Elle continua donc de marcher et ne s'avisa qu'une fois dans le métro, à retardement, qu'il s'agissait d'un homme. Elle tut un rire. La crispation au coin de sa bouche était terrifiante. En fait, son visage n'avait plus rien d'humain et ses yeux brillaient anormalement. Leur éclat était décuplé et pourtant cela n'ajoutait rien à sa beauté mais, au contraire, y instaurait une laideur tout à fait inexistante au départ. Quiconque l'eût observée à cet instant avec la moindre attention lui aurait passé les menottes si cela eût été en son pouvoir. Puis le visage se décontracta et redevint beau. La tempête s'apaisa. Dora McLeod fit doucement entrer l'idée de ce deuil incontournable dans son cœur.

Chapitre 4

L'autopsie avait évidemment confirmé la thèse du meurtre et avait révélé que Dora avait été droguée à l'aide d'une forte dose d'un somnifère assez facile à obtenir. Drapeau se demandait si le tueur avait puisé ce scénario d'un roman de P.D. James qu'il avait déjà lu et dont il oubliait le titre. Ou encore imitait-il l'assassin de la fameuse affaire Christie? Christie endormait toujours ses victimes au gaz avant de les étrangler... Une des particularités du cadavre était cependant cette entaille au poignet. Comme du sang s'en était écoulé, formant une petite mare, celle-ci avait dû être faite avant que le cœur arrête de battre, mais fort probablement après qu'elle eut été endormie puisqu'il n'y avait aucune trace de lutte.

* * *

La liste était encore à dresser quant aux gens à interroger dans cette affaire et les confrères Poirier et Drapeau ne chômaient pas. Un beau mois d'avril s'annonçait. Drapeau aurait aimé pouvoir régler l'enquête comme dans certains romans policiers, en une semaine, mais il savait qu'il avait possiblement plusieurs mois de travail devant lui en ce qui concernait cette affaire. L'air était frais et ils le respirèrent à fond en se rendant au stationnement jouxtant le poste de police. Malgré le fait que Dora avait terminé ses études depuis huit bonnes années, elle était restée en contact avec plusieurs des étudiants et étudiantes de l'époque. Certains, comme Vincenze Cabrelli, avaient poursuivi leurs études. Au moment de sa mort, Cabrelli en était presque à la fin de son doctorat. D'autres enseignaient, écrivaient ou travaillaient dans des maisons d'édition, corrigeaient des épreuves, faisaient de la pige pour des journaux ou des magazines. Bien sûr, ceux et celles qui avaient eu moins de chance ne travaillaient pas ou travaillaient dans des domaines tout à fait autres. Dora, quant à elle, s'était arrêtée au baccalauréat et avait écrit un premier roman qui avait connu un succès immédiat.

Drapeau avait hâte de rencontrer un certain François Jobin, car il savait qu'il connaissait à la fois Vincenze et Dora. Les deux enquêteurs avaient évidemment découvert entre-temps, par un croisement avec les données de l'enquête relative à l'affaire Cabrelli, que les deux victimes avaient suivi sensiblement les mêmes cours. De plus, pendant la visite de collègues à l'appartement de Vincenze, il avait été noté que *plusieurs mortiers trônaient sur un porte-chapeaux en bois de noyer...* Un certain lien entre les deux meurtres pouvait donc, dès lors, être établi. Cependant, d'autres inspecteurs s'occupaient du cas Cabrelli, Drapeau en ayant déjà plein les bras avec le meurtre de Dora McLeod. Mais, compte tenu des liens plus que probables entre les deux cas, des rencontres périodiques avaient lieu entre les deux équipes de travail. S'il s'avérait en cours de route que toutes les pistes relatives aux deux enquêtes menaient vers une seule et même personne, l'affaire Cabrelli échouerait inévitablement entre les mains de Richard Drapeau.

Quelle curieuse affaire, tout de même! se dit Drapeau, en songeant au sang-froid qu'il fallait pour clouer un casque à un cadavre. Mais, bien sûr, il en avait vu d'autres.

Le mortier, à cause du symbole qu'il représentait, avait tout de suite dirigé les policiers vers le milieu universitaire. Le cercle d'étudiants connaissant Dora avait été circonscrit. Du nombre, Jobin ressortait. Il n'habitait pas le centre-ville, contrairement à la majeure partie des autres étudiants ayant fréquenté Dora. Il possédait une coquette petite maison de bois, aux volets peints en rouge, située dans une banlieue offrant toutes les apparences de la véritable campagne. Quand les deux inspecteurs ouvrirent la barrière de bois, ils le virent dehors qui fabriquait quelque chose ressemblant à une mangeoire pour les oiseaux. Drapeau, les sourcils froncés, se surprit à regarder fixement le marteau et les clous. Le jeune homme, aucunement intimidé, leur fit signe de le suivre en esquissant un large sourire de bienvenue.

Vieil idiot! Un marteau et des clous, la belle affaire! Comme si tout le monde ne possédait pas de tels outils! se dit Richard.

— Bonjour Messieurs, donnez-vous la peine d'entrer. Comme vous m'aviez mis au courant de votre venue, je me suis dit, pourquoi ne pas tenter de rendre agréable une chose *a priori* désagréable? J'ai mis de l'eau à bouillir avant votre arrivée. Je vous offre le thé?

— Merci. C'est très gentil.

Drapeau remarqua immédiatement la bibliothèque montée avec des briques et de simples planches vernies. Il y avait des livres partout dans la cuisine. Il se dit qu'il devait y en avoir au moins autant dans toutes les autres pièces. Il y en avait même quelques-uns empilés sur le comptoir. Très calmement, François Jobin ébouillantait une théière de faïence dont les motifs évoquaient vaguement un Picasso de la période bleue. D'après ce que Poirier avait vu de la boîte de métal de laquelle il retirait les feuilles, il s'agissait d'un thé vert chinois aux fleurs de jasmin. Il reconnaissait la couleur orange brûlée et les motifs, car il se procurait exactement le même dans le quartier chinois. Une fois l'infusion commencée, Jobin apporta la théière et posa trois petits bols sur la table où il avait fait asseoir les deux inspecteurs. Il disposa également sur la nappe fleurie de lilas un plat d'argent sur lequel d'alléchants petits fours semblaient attendre d'être goûtés... Croyait-il mettre les deux compères dans sa poche grâce à un tel accueil? D'un accord tacite, et malgré l'envie irrésistible que ressentait Poirier à la vue des petits fours, les deux hommes n'ingurgitèrent que leur thé. Pour il ne savait quelle raison, Richard ne se sentait pas lié au témoin en acceptant un café ou une autre boisson chaude. D'ailleurs, il en offrait toujours au plombier ou au réparateur qui se présentaient chez lui. Mais goûter un dessert, par exemple, lui aurait posé un problème de conscience, car il avait l'impression que cela instaurait une complicité de mauvais augure entre lui et le suspect ou la suspecte.

Pour autant que les visiteurs pussent en juger, François Jobin n'était peut-être pas un homme que les femmes s'arrachaient. Mais il devait leur plaire. Cependant, et sans que les deux compères s'en soient douté le moins du monde, ils apprirent de sa bouche qu'il n'était pas attiré par les femmes. Son corps était sculpté par le vélo et son visage, malgré les petites marques causées par l'acné, était très expressif. Et son regard vif couleur de noisette vous percutait comme un *uppercut*.

— Alors, Messieurs, je suis prêt à répondre à toutes vos questions.

— Monsieur Jobin...

— ... Appelez-moi François, je vous en prie.

— Eh bien François, j'irai droit au but. Si je ne m'abuse, vous êtes l'un des seuls finissants de l'année 1987 de la Faculté des lettres — avec Dora McLeod — à ne pas avoir assisté à la fête organisée par l'Amicale des anciens le 6 mars dernier. Vous n'êtes pas sans savoir que c'est justement ce fameux soir que Dora McLeod fut assassinée... Pourquoi en étiez-vous absent, et où étiez-vous?

— Cher inspecteur, tout comme la regrettée Dora, j'abhorre les mondanités, les lancements, les vernissages et tout ce qui réunit plus qu'un certain nombre de personnes, fussent-elles des célébrités ou de grands génies. Et pour répondre à votre deuxième question, je n'étais pas avec Dora ce soir-là.

— Oui, mais où étiez-vous?

— J'étais ici à lire tranquillement avec mes chats... Je vous désignerai lesquels, si vous le permettez, car vous pourriez les confondre avec les précieux témoins du meurtre que constituent les deux tigrés de Dora dont j'ai hérité. Donc, il n'y a personne qui puisse confirmer de vive voix ma présence ici le soir du meurtre. J'avais fait du vélo une bonne partie de la journée et j'étais éreinté... Ah, j'y songe... J'ai reçu un appel de ma chère tante... mais je crains que les appels téléphoniques n'entrent pas dans la catégorie des alibis en béton...

— En effet... Ceci dit, nous pourrons toujours vérifier vos dires auprès de la société de téléphone. Par contre, Monsieur Jobin, ne doutez pas qu'un faux alibi puisse être démoli lorsqu'il y a présomption de meurtre, même si cela donne tout de même pas mal de fil à retordre aux enquêteurs. Entre nous, dans ce genre de crime, l'assassin a intérêt à s'en forger un. Et si le crime est prémédité, normalement, il le fait. Ce que je veux vous dire, c'est simplement que le fait que vous n'ayez pas d'alibi ne devrait pas vous nuire, SI VOUS ÊTES INNOCENT... conclut Richard Drapeau avec un sourire suave.

Il avait entendu dire que Jobin écrivait des pièces de théâtre. Peut-être avait-il tué Dora pour s'approprier un de ses manuscrits et le faire passer pour sien?

— Je vous remercie de ces précisions, mais je ne suis pas rassuré pour autant... Nous avons vu tant d'erreurs judiciaires découlant justement de l'habileté du véritable assassin à se fabriquer un alibi...

— Comment avez-vous appris la mort de Dora?

— Par les journaux.

— J'aurais cru que ses parents vous en auraient averti...

— Il aurait été étonnant qu'ils s'en donnent la peine, ils ne connaissent rien de la vie de Dora. Et ça, c'est une lapalissade, croyez-moi.

— C'est ce que j'avais cru comprendre à la suite de certains témoignages...

Quel dommage que nous ne parlions pas la langue des chats, celui-ci en aurait sûrement long à nous raconter! se dit Richard en caressant le dos d'un des magnifiques tigrés de Dora.

— Mais parlez-nous plutôt de Dora McLeod...

Sans que les policiers aient senti chez Jobin la moindre intention de les attendrir ou de faire bonne figure, il leur fit, d'une manière convaincante, le récit de leur rencontre et de leur amitié. François Jobin disait avoir repéré Dora dans la classe à cause de la crainte manifeste que ses regards paraissaient receler. Dès la pause du premier cours, après un échange de paroles courtoises, elle lui aurait confié qu'elle était très fascinée par le milieu universitaire et qu'elle avait peur de ne pas être à la hauteur, etc. Il n'aurait rien compris à cette peur idiote, d'autant plus qu'il avait pu se rendre compte, en l'écoutant discourir nerveusement, de la justesse de ses propos ainsi que de sa culture encyclopédique. Apparemment, elle différait totalement de plusieurs personnes qu'il avait connues à cette université et qui tenaient un discours creux mais à la mode, truffé d'évidences, et dont le comportement faisait montre davantage d'ostentation que de savoir. Ces mêmes personnes n'émettaient jamais le moindre doute, le doute étant, à son humble avis, l'essence d'un esprit critique. François disait être homosexuel et Dora l'avait su, semblait-il, dès leur première conversation. Il n'y eut donc, selon lui, aucune arrière-pensée entre eux, ce qui était parfait puisque le jeu de la séduction n'aurait été d'aucun attrait pour la chaste Dora McLeod. Elle avait très peur, selon lui, d'être flouée par l'amour. Quoi qu'il en soit, cette amitié se serait avérée lénifiante pour la Dora tourmentée qu'il chérissait. À maintes reprises, leur narra-t-il, ils firent, en classe, front commun contre les idées reçues. Ils suivirent les mêmes cours et s'amusèrent comme des fous. Souvent, ils étaient même les préférés des profs grâce à leur esprit caustique et à leurs questions pertinentes. La maison dont François avait hérité — il était devenu orphelin assez jeune et avait été élevé par son grand-père qui lui avait légué, entre autres, la maison — était devenue un refuge pour Dora lorsqu'elle avait envie de nature. Ses chats y avaient aussi toujours été les bienvenus. Apparemment, lorsque Massimo entra dans la vie de Dora, François préféra s'éclipser, d'une part, pour la laisser vivre entièrement cette relation pendant un certain temps et, d'autre part, parce que Massimo le troublait étrangement... Du moins, c'est ce qu'il laissa entendre aux deux inspecteurs. Il semblait sincère mais Richard Drapeau décida de ne pas tenir ce fait pour acquis... Bien sûr, Jobin n'avait soi-disant rien dit de tout ça à Dora et avait choisi ce moment pour effectuer le long périple en Europe qu'il préparait depuis longtemps. Après la mort de Massimo, il s'était remis à la revoir. Il était revenu d'Europe auparavant. Puis, pendant la longue récupération de Dora à l'hôpital, il lui avait envoyé des fleurs tous les jours même s'il n'avait jamais su si elle pouvait en profiter réellement du fait de son séjour aux soins intensifs... Puis, toujours selon Jobin, quand elle était sortie de l'hôpital, ils avaient repris leurs discussions philosophiques de toujours et continué à parler de choses essentielles. Ils ne s'étaient jamais forcés à échanger des banalités au sujet du temps qu'il faisait car ils avaient, semble-t-il, toujours trop à se dire. Il y avait entre eux, d'après les apparences, une relation platonique mais empreinte de spiritualité et tissée d'échanges intellectuels fort réjouissants. Dora aurait confié à Jobin qu'il avait été la seule personne en présence de laquelle elle avait réussi à pleurer son homme. Bref, François était un véritable ami pour elle. Ce fut, grosso modo, ce qu'ils apprirent ce jour-là, attablés chez un homme dont la courtoisie des manières n'avait d'égale que son érudition. Ils partirent un peu à regret.

Sur le point de prendre congé de leur hôte, Richard se rappela tout à coup avoir apporté avec lui des cartes postales expédiées par Jobin à Dora, provenant d'Italie, de Grèce, et rédigées dans un langage qui semblait codé. Heureusement que cela lui était revenu sur le seuil de la porte — c'était son défaut, il manquait de méthode... Mais cette lacune, assez rare chez un chef de police au même titre que son manque de ponctualité, était largement compensée par des qualités plus importantes. Il interrogea donc Jobin sur ce que signifiaient ces cartes trouvées dans la commode de Dora.

Jobin parut très surpris, car il avait demandé expressément à Dora de brûler ces cartes postales au fur et à mesure qu'elle les recevait...

— Par exemple, dans celle qui provient de Grèce, vous écrivez: *j'ai largué la roussette*. Je ne crois pas qu'il s'agisse d'un bateau, n'est-ce pas?

— En effet, il s'agit d'une femme avec qui j'avais eu des relations...

— Je croyais que vous n'étiez pas intéressé par les femmes?

— Je n'ai pas dit des relations sexuelles!

— Il s'agissait donc encore une fois de relations platoniques?

— Euh! oui.

— Et pouvez-vous me donner le nom de cette personne que Dora devait elle aussi connaître?

— Non. J'ignore son nom.

— Vous ignorez son nom?

— Oui.

— Vous larguez donc des personnes que vous connaissez à peine?

— C'est-à-dire qu'il ne m'était pas venu à l'esprit de demander le nom de cette personne que j'ai connue en Grèce.

— Pourtant, vous parlez de cette personne, sur la carte postale, comme si Dora était censée la connaître!

— Peut-être vous manque-t-il une carte postale qu'elle aura probablement brûlée, selon mon souhait, dans laquelle je lui avais parlé de la roussette...

— Pourquoi vouliez-vous qu'elle brûle ces cartes postales?

— Parce que je ne voulais pas que Massimo les lise...

— Pourtant, vous savez bien qu'il pouvait les voir n'importe quand en prenant leur courrier dans la boîte aux lettres, non?

— C'est Dora qui ramassait le courrier.

— Comment pouviez-vous avoir la certitude que c'était toujours le cas?

— C'était toujours le cas. Dora exerçait son métier chez elle et Massimo, lui, devait se rendre au Conservatoire tous les jours de la semaine.

— Bon, admettons-le... Mais, si je comprends bien, vous ne vouliez pas qu'il soit à même de constater que vous étiez si proche de sa Dora que vous en arriviez à lui écrire dans un langage qu'elle seule comprenait?

— Vous n'y êtes pas du tout... Je ne voulais pas m'immiscer dans sa relation avec Massimo. Je ne voulais pas la déranger.

— Vous auriez pu choisir de ne pas lui écrire, non?

— Oui. Mais c'est elle qui m'avait demandé de lui envoyer des cartes postales de tous les pays où j'irais... Elle adorait les voyages.

Richard Drapeau nota sans déplaisir que la sueur perlait au front de son vis-à-vis. Il en savait assez pour l'instant. Il enjoignit Jobin de ne pas s'absenter pendant toute la durée de l'enquête et, tout en lui remettant des photocopies des trois cartes postales trouvées dans le secrétaire de Dora, lui demanda de transcrire exactement ce que signifiait chacune des lignes écrites. Il lui donna l'adresse du commissariat.

Compte tenu de son alibi inexistant, il était un suspect intéressant. Les deux hommes n'avaient pas été sans remarquer, mise en évidence sur le superbe piano trônant dans le salon, une photo encadrée de Jobin, son diplôme à la main, un mortier sur la tête, avec Dora à son côté qui, elle, était nutête. *S'il avait tué Dora, aurait-il brûlé la photo? Probablement*, se dit Richard. Mais elle était là, comme un défi. La photo, curieusement, était en noir et blanc; néanmoins, il était facile d'y remarquer que le mortier n'était pas noir et de présumer qu'il était plutôt d'une teinte se rapprochant du rose...

Or ne voulant pas que sa pensée soit taxée de sexisme, Drapeau garda pour lui ces interrogations: Jobin avait-il porté le mortier de Dora pour la photo, par rigolade? Car le sien n'était probablement pas rose... D'ailleurs, ce mortier appartenait-il vraiment à Dora? Et pourquoi Cabrelli, le collectionneur de mortiers, était-il mort?

* * *

La deuxième personne à qui ils rendirent visite ce jour-là était également censée être une très bonne amie de Dora qui demeurait à l'extérieur de Montréal. Elles se connaissaient depuis l'enfance, mais Isabelle Laurent disait ne connaître ni François Jobin ni Vincenze Cabrelli, car Dora avait l'habitude de voir ses amis seule à seul ou seule à seule. Elle n'aimait pas les rencontres entre plusieurs personnes qui, comme elle avait coutume de le dire, *dispersaient et gaspillaient l'énergie*. Néanmoins, Isabelle disait savoir qu'un certain François et un certain Vincenze étaient de bons copains pour Dora. Isabelle habitait le rez-de-chaussée d'une vieille maison à deux étages, située en plein centre-ville de Sherbrooke. Deux perruches joyeuses et colorées dans des tons de bleu et de violet accueillaient les visiteurs dès que le seuil de la cuisine était franchi. C'était une pièce extrêmement ensoleillée à l'heure de la visite des deux inspecteurs, soit vers 17 heures. Comme chaque année à pareille date, l'heure venait d'être avancée.

Isabelle Laurent se présenta à eux vêtue d'un tailleur classique de couleur marine, conçu par elle, que n'auraient probablement pas dédaigné les représentants de la haute couture. Elle était rentrée de son travail à pied, car l'immeuble abritant l'importante société au sein de laquelle elle exerçait son rôle de relationniste était à deux pas de chez elle. Durant tout son trajet de retour, elle s'était demandé où elle avait bien pu ranger les billets du spectacle qu'elle comptait aller voir dans trois jours avec Isadora... elle était une distraite notoire. Isabelle avait calqué son calendrier de travail sur l'horaire de classe de sa fille Isadora de telle sorte qu'elles rentraient toutes deux à peu près ensemble à la maison tous les jours de la semaine.

Isabelle Laurent était une grande femme qui inspirait la sympathie au premier regard. À son côté se tenait une jolie petite brunette aux immenses yeux, sa fille Isadora. Elle était très mignonne mais pas du tout du genre bavard. Sa mère lui parlait très doucement et affectueusement. La petite, sans se faire prier, alla jouer dans sa chambre.

Au cœur de plusieurs superbes plantes tropicales, et accompagnés du glapissement des perruches, les compères Poirier et Drapeau prirent leur *five o'clock tea*, car cette fois un thé anglais leur fut servi avec la grâce inimitable d'Isabelle Laurent.

Celle-ci leur chanta les louanges de Dora qu'elle admirait presque depuis le berceau. Elles avaient joué ensemble dans leurs bacs à sable respectifs. Elles s'étaient confié leurs premiers secrets et Isabelle avait eu le privilège d'être la première à lire les écrits de Dora alors qu'ils n'étaient que balbutiements. Bien sûr, elles s'étaient aussi querellées, mais toujours réconciliées. Apparemment, chacune connaissait l'ambition de l'autre et même si elles étaient très différentes à tous égards, elles se comprenaient étrangement. Isabelle leur fit un assez bon portrait des difficultés familiales propres à l'enfance de Dora à laquelle, semble-t-il, était intimement liée sa crainte des hommes. *Dora n'a jamais réussi à se sentir vraiment aimée pour elle-*

même et nul ne pourrait vraiment dire si cela était vrai ou faux, du moins en ce qui concerne sa famille. Isabelle croyait aussi que son don d'écrivaine avait été en partie alimenté par cette enfance particulière. «Cris et chuchotements», austérité et laxisme. Un curieux mélange qui avait formé la Dora qu'elle connaissait, à la fois craintive et courageuse, fière et complexée, anxieuse et nonchalante. Ce paradoxe fait femme en avait attiré et repoussé plus d'un, selon elle. *Comme elle me manque!* soupira-t-elle à plusieurs reprises.

Le soir du meurtre, Isabelle affirma s'être enfermée à son appartement en plein cœur de Sherbrooke, bien loin du lieu du crime, car c'était un lundi et elle travaillait le lendemain. Marcel observait son patron, sourire en coin, et savait bien que celui-ci se disait que ce n'était pas une contrainte suffisamment forte pour empêcher quelqu'un de commettre un meurtre. De plus, elle ne disposait d'aucun témoin pouvant confirmer le fait, hormis Isadora qui n'avait sûrement pas pu se souvenir que sa mère, tel jour à telle heure, était précisément à la maison. Elle était trop jeune. D'ailleurs, Isabelle aurait pu commettre son forfait pendant qu'Isadora dormait sagement chez elle, à des lieues de l'endroit du crime. Néanmoins, elle leur dit être certaine que s'ils se donnaient la peine de se rendre au dépanneur du coin, le vendeur, qu'elle voyait fréquemment, pourrait leur confirmer qu'elle était allée chercher un magazine, en compagnie de sa fille, vers 22 heures ce soir-là. À la remarque de Drapeau concernant l'heure tardive pour une fillette de huit ans qui fréquentait l'école, elle répondit qu'elle n'était pas sévère sur ce plan-là, et que sa fille semblait posséder une âme de noctambule.

Évidemment, il aurait alors fallu qu'elle travaille vite. Elle n'avait pas de voiture mais aurait très bien pu en louer une. Cela était facile à vérifier... Dans un tel cas, le transport en commun n'aurait pas été assez rapide. Ils commenceraient donc par se rendre au dépanneur du coin dès l'entrevue terminée...

Drapeau et Poirier en avaient appris assez ce jour-là pour faire face à la musique le lendemain. Car le lendemain, ils avaient rendez-vous avec les membres de la famille de Dora chez la mère de celle-ci. Pour il ne savait quelle raison, Richard avait envie de fredonner, en sortant de cet antre chaleureux, *What is this thing called love*. En fait, lui revenait en tête, de manière lancinante, la version interprétée par Leo Reisman, comme il l'avait entendue pour la première fois dans un film de son cinéaste favori, Woody Allen. Mais il ne fallait pas perdre de vue qu'Isabelle Laurent était la principale héritière de Dora. Elle avait hérité de son bien le plus précieux, ses droits d'auteur, comme il l'avait appris de la bouche même de la notaire de Dora.

* * *

Ce soir-là, Richard Drapeau décida de s'attarder dans les environs, car il y avait longtemps qu'il n'avait erré dans ces parages et il aimait bien cette région où d'ailleurs il avait vu le jour. Il se rappela avec nostalgie les étés de sa jeunesse au bord du lac Memphrémagog. Il se promit d'y faire un tour cet été-là. Son père et sa mère étaient morts et il n'avait qu'un frère qui demeurait aux États-Unis. De toute façon, il n'avait pas particulièrement envie de voir qui que ce soit. Il soupa de bonne heure en compagnie de Poirier qui, lui, désirait se coucher tôt. Après s'être gavé de frites et de moules, Drapeau se rendit à la ville voisine, Magog, et tomba sur un de ces bazars d'église dont il raffolait. C'était un de ses vices que de farfouiller dans les bazars, les encans, les braderies, à la recherche d'un trésor. Ce qu'il trouva ce soir-là était au-delà de ses espérances. Sans comprendre pourquoi ce spectacle le désolait, il vit au fond de cette église, à un des stands, Isabelle Laurent et François Jobin qui se tenaient la main et, même, qui se bécotaient. L'éclairage faisait ressortir violemment le roux de la splendide chevelure d'Isabelle. Désormais, grâce à une de ces intuitions qui ne le trompaient jamais, il pensait savoir qui était la roussette. Jobin avait menti... il n'était pas homosexuel. Ou il était bisexuel. Et il n'avait probablement pas largué une Hellène... S'il avait largué Isabelle Laurent, il semblait bien que ce ne fût que temporairement. Pourquoi avait-il alors cru bon tenir au courant de ses volte-face sentimentales Dora McLeod? Mystère... Il trouvait tout de même surprenant que deux personnes aussi intelligentes que François Jobin et Isabelle Laurent prennent de tels risques: d'abord mentir, puis s'afficher ensemble. Ils devaient se croire à l'abri d'abord parce qu'ils ne se trouvaient pas à Sherbrooke où était le domicile d'Isabelle, ensuite parce que les enquêteurs étaient de Montréal et, par conséquent, ne connaissaient certainement pas cette région. Et pourquoi Isabelle Laurent lui avait-elle affirmé ne pas connaître François Jobin alors que celui-ci, imprudemment, s'était rendu chez elle probablement immédiatement après son interrogatoire? Ils s'étaient, sans aucun doute, tenus au courant de leurs entrevues respectives.

Richard sortit, la démarche triste, sans être vu d'eux, du moins l'espérait-il. Il était convaincu que cette femme à l'air câlin et dont les yeux brillaient d'intelligence était faite davantage pour lui que pour un homme comme Jobin. Comme le dit si bien l'expression populaire, il la voyait déjà dans sa soupe, c'est-à-dire qu'il en était fort entiché.

Chapitre 5

Père et mère tu honoreras. Voilà la phrase que Richard Drapeau avait en tête, sans qu'il parvienne à l'en arracher, en pénétrant dans le salon-cuisine d'Irène McLeod, qui en était visiblement la reine. Tous ses sujets y étaient et l'entouraient d'une chaîne invisible, tissée de sentiments perceptibles et aussi divers que l'amour et la haine, mais qui comprenaient aussi l'envie, la dépendance, le respect et l'irrespect tout à la fois. L'inspecteur sentait que cette entrevue ne serait facile ni pour lui ni pour Poirier.

Le premier qui brisa cette chaîne imaginaire fut le père, Ian McLeod, dont les ancêtres de la lointaine et vénérée Irlande remontaient jusqu'à lui pour faire en sorte que les visiteurs, quels qu'ils soient, reçoivent un accueil courtois. La visite se passait peu après le dîner et les deux inspecteurs durent décliner poliment l'invitation de Monsieur McLeod à boire de la bière fabriquée de ses mains qui, ils n'en doutaient pas un instant, devait être excellente. Mais ils acceptèrent avec empressement un café. *Décidément, dans cette enquête, je carbure à la caféine*, se dit Richard. D'appétissants carrés de sucre à la crème à peine tiédis leur furent offerts à titre d'accompagnement au café, du reste fort à souhait. D'un commun accord, et motivés par une longue habitude, les deux compères n'y touchèrent pas et Poirier en avait les yeux exorbités par le dépit. Richard eut tout à coup pitié de son collègue et lui fit signe de prendre un carré. *Après tout, les membres de la famille ne sont pas des suspects, du moins jusqu'à ce jour!* Poirier ne se fit pas prier.

L'intérieur des McLeod était entretenu avec soin. Les parquets vernis reluisaient. La nappe sur laquelle reposaient la cafetière, les tasses et l'assiette de sucre à la crème était immaculée.

La chambre de Dora petite fille avait été laissée presque intacte selon les dires de la mère. Comme elle contenait plusieurs objets lui ayant appartenu, les deux inspecteurs demandèrent la permission d'y jeter un coup d'œil après l'entrevue.

— Je sais combien cela peut être pénible pour vous d'entendre ressasser les faits liés à cet événement tragique, mais vous comprendrez que si nous voulons mettre la main au collet de la personne qui l'a lâchement assassinée, le moindre indice, le moindre détail peuvent avoir une signification qui échappe *a priori* à votre entendement.

— Pas besoin de nous faire un dessin, inspecteur. Nous savons pourquoi vous venez. Est-ce que votre collègue serait muet par hasard?

Les deux hommes furent décontenancés par le ton acerbe du petit bout de femme qui se tenait au côté d'Irène McLeod. *Voilà la sœur. Je parie qu'elle n'aimait pas beaucoup Dora!* se dit Richard. Il laissa son collègue Poirier répondre.

— Euh... J'accompagne l'inspecteur Drapeau tout au long de cette enquête et je prends des notes. Poser des questions relève le plus souvent de sa compétence.

— Bien, j'aimerais que chacun de vous, à tour de rôle, me fasse part de sa perception de Dora, des ennemis qu'elle aurait pu avoir, enfin de tout fait susceptible d'alimenter un tant soit peu notre enquête.

La sœur au profil d'urubu entama alors une sorte de réquisitoire contre feue Dora, où il était question de l'ingratitude, de l'indifférence qu'elle aurait manifestées à leur égard, etc. Dora, visiblement, avait tout raflé: beauté, intelligence, et n'avait laissé que peu de choses à sa petite sœur. L'écoutant le temps qu'il fallait, Richard se dépêcha de donner la parole à son mari. Celui-ci n'avait pas grand-chose à ajouter sinon des détails que les deux enquêteurs savaient déjà, par exemple qu'elle était une solitaire, un peu excentrique, moyennement paranoïaque et beaucoup casanière. Bien sûr, il avait la même hargne inscrite sur la figure et Drapeau devinait que ces deux-là n'avaient pas encore accepté le fait que les droits d'auteur de Dora leur aient échappé. Ils iraient sûrement en justice s'il le fallait.

Quand ce fut le tour des parents, la mère s'apitoya sur le fait que Dora n'aurait jamais dû gagner la grande ville où vivaient des gangsters, des fous à lier et toutes sortes de criminels assoiffés de sang.

Finalement, ce fut le père qui, visiblement le plus touché par cette tragédie, leur en apprit davantage. Entre autres choses, il confirma qu'Isabelle et Dora avaient été de grandes amies. Puis, il énuméra les thérapies successives dont Dora avait CRU avoir besoin car, à son sens, *elle était la plus équilibrée de toute la famille*, déclaration qui fit sourciller son entourage. Il leur narra quantité d'aventures qui lui étaient arrivées depuis sa plus tendre enfance et fit montre d'une mémoire prodigieuse. Les autres le regardaient, bouche bée. Et surtout, comme il l'avait aimée, sa Dora. Elle avait été sa plus grande fierté.

À la suite de ces paroles dithyrambiques, la sœur crut bon d'ajouter, la bouche pleine de fiel, qu'elle avait toujours trouvé malsaine cette amitié si exclusive unissant Dora à Isabelle Laurent... Drapeau et Poirier se demandèrent s'il n'y avait pas un fond de vérité à cette médisance.

Les deux inspecteurs se rendirent à la chambre qui avait abrité Dora du berceau à l'adolescence.

La partition d'une pièce de Schumann crayonnée par son ancien professeur de musique était étalée sur le pupitre d'un piano droit en bois de rose. Des reproductions de tableaux de Monet, de Renoir, de Corot, des cartes postales illustrant des scènes tirées de films de Chaplin côtoyaient des affiches de groupes rock et un *poster* d'Al Pacino. Des animaux en peluche et des poupées étaient rassemblés au milieu d'un lit à baldaquin. Sur une coiffeuse d'acajou ornée de rosaces étaient dispersés quelques flacons de parfum à moitié vides, dont *L'heure bleue* de Guerlain. Dans le cadre entourant le miroir de la coiffeuse étaient insérées des photographies de jeunesse. Sans aucun doute, Dora avait écrit ses premières lignes dans cette chambre d'adolescente.

Richard leur demanda si elle les avait quittés sur un coup de tête puisqu'elle n'avait pas emporté ses flacons de parfum.

— Elle n'est pas partie en très bons termes avec nous, si vous voulez savoir... Mais nous avons toujours laissé ces bouteilles sur sa coiffeuse en nous disant que lorsqu'elle viendrait nous rendre visite, elle les aurait à portée de la main.

Puis, à sa grande surprise, lorsqu'ils furent près de quitter les lieux, Irène McLeod tira Richard Drapeau par la manche, le prenant à part.

— Je ne suis pas folle, vous savez. Je ne sais pas ce que cet escogriffe, ce disciple de Freud qui est à mon avis le Satan moderne, a pu vous raconter à propos de Dora et de son enfance. Mais, ne vous faites pas d'illusions, son enfance n'a pas été un drame shakespearien et nous l'adorions... dit-elle à un Richard stupéfait, en terminant sa phrase en un long sanglot.

Un long sanglot tout chargé d'adieux, se surprit-il à réciter dans sa tête, en songeant aux vers de Baudelaire qui, sans qu'il le sache, étaient les préférés de Dora. Richard avait noté mentalement le terme «shakespearien» car il croyait savoir, d'après plusieurs des témoignages recueillis, que les McLeod n'étaient pas des passionnés de lecture, exception faite de Dora. Donc, Irène McLeod avait probablement puisé ce terme de conversations édifiantes avec sa fille. Il ne pouvait s'empêcher de repasser le film de cet entretien dans sa tête et de se faire la remarque que, d'après ce qu'il avait pu observer, les parents ne pouvaient afficher leur douleur que lorsque leur plus jeune fille et son mari étaient hors de leur champ de vision. Ils étaient sous surveillance en quelque sorte et pouvaient ne s'exprimer librement en présence de ce curieux couple. À la limite, n'eût été de la déplorable dépendance financière du jeune couple à l'égard du vieux et, bien sûr, du respect de la chronologie, la relation parents-enfants semblait inversée puisque, dans ce cas précis, les parents obéissaient aux enfants.

Chapitre 6

Isabelle Laurent, les cheveux fous, marchait en direction de son café favori. Elle irait ensuite au boulot. Cela se passait le surlendemain de la visite de Jobin qui avait été courte, mais fertile en ébats de toutes sortes... La petite Isadora avait passé cette nuit-là chez une amie. Isabelle se réjouissait à l'idée de prendre son petit déjeuner. Il était très tôt et elle s'y rendait souvent comme ça, aux petites heures du matin, même si cela représentait un long détour, car elle raffolait des crêpes, des chocolatines et du café qui y étaient servis. Elle en profitait pour lire son journal. Elle traversait la petite rue tranquille qui menait vers l'avenue où était situé le café lorsqu'une voiture fonça sur elle. Elle eut le réflexe de bondir à temps pour l'éviter et tomba sur le trottoir. Hors d'haleine, elle ne put lire le numéro de plaque de la voiture qui filait à toute allure car elle ne portait pas ses verres, selon son habitude de coquette. Il lui semblait qu'elle connaissait cette voiture mais, d'un autre côté, pour elle, toutes les automobiles se ressemblaient. *Pourtant, ce cabriolet blanc...*

Elle secoua sa jupe du revers de la main et marcha résolument vers le café, décidée à laisser sa frayeur loin derrière elle. Saluant la patronne, elle se laissa tomber sur la banquette habituelle.

* * *

De retour à Montréal le jour suivant, Richard Drapeau et son collègue Marcel Poirier se rendirent au bureau du psychanalyste de Dora, *le Satan moderne*, de son vrai nom Alain Jacob, après avoir pris rendez-vous avec lui. L'inquiétant personnage, qui ressemblait vaguement à Bela Lugosi (cela eût réconforté Irène McLeod), parut plutôt sympathique à Richard, malgré son laconisme. Ils n'apprirent que peu de choses intéressantes ce jour-là, mais les deux collègues avaient bien l'intention de revoir le psychanalyste et d'en soutirer plus de renseignements sur la vie de Dora, car celui-ci était probablement en mesure de confirmer des faits qu'ils connaîtraient au fur et à mesure que se déroulerait l'enquête. Cet homme très occupé était, au moment du meurtre de Dora, déjà parti depuis deux jours dans le Maine, en compagnie de sa femme et de ses deux enfants. Ils y avaient passé six jours. Cette affirmation devait être rapidement confirmée par son épouse, qui leur raconta que leur voiture avait été fouillée à la douane et qu'ils avaient dû remplir une déclaration. Cela serait donc facile à vérifier.

Comme Richard Drapeau l'avait indiqué aux gens qui appelaient au commissariat, le quartier avait été passé au peigne fin. Ils avaient, bien sûr, rencontré le voisin du dessous, un sculpteur, qui possédait un buste de Dora très réussi. Il travaillait la matière, dans ce cas précis du granite, de telle façon que le résultat était évanescent plutôt que réaliste. Dora avait dû apprécier le résultat.

Le sculpteur Bruno Morel ne regagnait en général son appartement que pour dormir ou à peu près puisqu'il travaillait toute la journée, jusque très tard le soir, dans un atelier où il se rendait en métro, y compris les samedis et les dimanches. Et il mangeait toujours au restaurant. Il avait bien un atelier chez lui, mais le fait de se rendre travailler avec un groupe le stimulait davantage. Le soir fatidique, il était allé manger au restaurant puis s'était rendu voir un spectacle de jazz où l'on jouait des pièces qu'avaient interprétées en leur temps Art Tatum, Bill Evans, Count Basie et Cole Porter. Il avait assisté à ce spectacle dans une petite boîte sympa en compagnie de copains qui avaient tous trois confirmé le fait. D'ailleurs, Bruno Morel aimait tellement le jazz qu'il s'accordait ses seules vacances annuelles au moment du fameux Festival de jazz de Montréal. Par surcroît, il était tout autant attaché, sinon plus, à sa ville natale que Woody Allen à Manhattan. Drapeau avait tout de même pris soin de jeter un coup d'œil au marteau de l'artiste qui était accroché à un clou dans son atelier, au cas où des cheveux ou des fragments de peau visibles à l'œil nu y auraient été décelés... Il ne pouvait quand même pas confisquer les objets de tous les suspects puisqu'ils n'étaient pas trouvés sur le lieu du crime. Enfin pas pour le moment, mais peut-être plus tard au cours de l'enquête... Pour l'heure, rien n'apparaissait sur la tête du marteau qui aurait, de toute façon, été essuyé...

Le garage de l'immeuble où habitaient Massimo et Morel n'était jamais utilisé pour ce qu'il était, selon une entente tacite entre eux. Ils avaient tous deux plutôt recours au stationnement de la cour arrière. Morel avait été le premier à occuper le duplex et avait immédiatement transformé le garage en atelier. Plus tard, lorsque Massimo avait loué l'autre appartement, il n'y avait vu aucune objection.

Chapitre 7

Située dans un assez vieil immeuble du centre-ville, la maison d'édition dont Dora avait fait la fortune ne péchait pas par excès de luxe. Une vieille machine à écrire, une photocopieuse hors d'usage et une bonbonne d'eau vide furent ce que Drapeau et Poirier virent en entrant. Assez curieusement, la secrétaire ne semblait disposer d'aucun micro-ordinateur.

Cependant, dès leur entrée dans le bureau de Damien Dubois, le décor changea. Tout y était feutré, calfeutré. Une épaisse moquette amortissait le bruit des pas pendant qu'une flûte traversière égrenait les notes lancinantes du *Syrinx* pour flûte seule de Debussy, en sourdine; cela donnait une telle atmosphère à la pièce qu'on eût dit qu'un petit satyre était sur le point d'apparaître.

Poirier et Drapeau remarquèrent la belle carafe d'eau argentée aux initiales de Damien Dubois. C'était une manie chez lui. Son verre, son sous-main, son porte-crayons portaient ses initiales. Tout comme le stylo que les enquêteurs avaient trouvé chez Dora, sur la commode, marqué D.D. Ce même stylo qu'elle avait presque à coup sûr utilisé pour tracer les dernières lignes écrites de son vivant. Les trois hommes se serrèrent la main.

— Bonjour Monsieur Dubois. Je suis Richard Drapeau et voici mon collègue Marcel Poirier.

— Enchanté de faire votre connaissance, Messieurs. Comment puis-je vous être utile?

— Nous voudrions, dans un premier temps, savoir ce que vous faisiez dans la soirée du 6 mars dernier.

— C'est très simple Monsieur l'inspecteur. J'étais au cinéma en compagnie de mon épouse.

— Quel film êtes-vous allés voir?

— *Quiz Show.*

— Excellent film. À quel cinéma jouait-il?

— À une des salles du complexe Desjardins. Nous avons d'abord mangé au restaurant chic du même complexe... restaurant dont j'ai oublié le nom.

— Y avez-vous fait des réservations?

— Je ne me rappelle pas, mais ma femme s'en souviendra peut-être...

Bien sûr! se dit Richard. *Elle doit bien avoir appris sa leçon.*

— Comment avez-vous appris la mort de votre protégée?

— Par les journaux.

— Vous aussi...

— Pardon?

— Pardonnez-moi... je me faisais la réflexion que la plupart des gens avaient appris sa mort par les journaux.

— Ce n'est pas étonnant. D'après ce que j'ai lu, le corps a été trouvé le même soir où elle a été tuée... et les journalistes ont foncé comme des rapaces...

— Bien sûr... Étiez-vous en bons termes avec Dora au moment de sa mort?

— En excellents termes.

— Pourtant, certaines rumeurs couraient au sujet d'une possible résiliation de contrat... lança négligemment, contrairement à son habitude, Marcel Poirier.

— Vous l'avez dit, c'étaient des rumeurs.

— J'aimerais consulter le dernier contrat vous liant à Dora McLeod ainsi que tout ce qui touche à son cas.

— Vous n'avez qu'à demander à Adeline, la secrétaire que vous avez rencontrée en entrant dans le bureau.

— Très bien. Vous savez que vous devez être prêt à collaborer avec nous pendant toute la durée de l'enquête, n'est-ce pas?

— Bien sûr. Je serai heureux si je peux vous aider le moindrement à résoudre cet odieux crime.

Dora semblait approuver du regard, dans son cadre argenté qui semblait faire partie de la même collection que la carafe d'eau.

Il sembla à Drapeau qu'elle le suivait du regard lorsqu'il sortit du bureau de Damien Dubois à pas de loup.

* * *

En fouillant dans les contrats signés par Dora McLeod, les deux hommes découvrirent qu'en fait, le dernier en date arrivait presque à échéance au moment du meurtre. Donc, Dora n'aurait pas eu besoin de résilier celui-ci et n'avait qu'à laisser s'écouler encore un peu de temps pour être libérée des exigences qui y étaient rattachées: par exemple, avoir les mains liées quant à la possibilité de publier même un extrait de roman dans un magazine. Marcel Poirier se disait que cette clause était stupide puisque la publication d'extraits servait sans nul doute la promotion d'un ouvrage, quel qu'il soit. Mais, se dit-il, peut-être était-ce là pratique courante. Damien Dubois devait souhaiter avoir la main mise sur chaque ligne tracée par sa «poulaine», et même décider du bien-fondé de toute apparition publique. Car une autre des clauses mentionnait cela.

La secrétaire, Adeline, avait été très coopérative et leur avait avoué tout bas que Damien Dubois passait, aux yeux de plusieurs, pour une espèce de tyran. Or les deux hommes avaient appris de source sûre que Dora McLeod avait l'intention de changer de maison d'édition.

* * *

— Patron, dans cette enquête, jusqu'à maintenant, il n'y a que Jobin qui soit incapable de fournir le moindre alibi. L'homme du dépanneur à Sherbrooke n'est peut-être pas précisément un alibi pour Isabelle Laurent, mais disons qu'elle était à une plus grande distance du lieu du crime... et nous n'avons rien trouvé dans les registres des bureaux de location de voitures. De plus, elle n'en a loué aucune sous un faux nom puisque nous avons rencontré toutes les femmes ayant loué une voiture ce soir-là ainsi que les soirs précédents et subséquents de la même semaine. Si Isabelle Laurent avait loué une voiture à l'aide de fausses cartes d'identité, nous l'aurions su... à moins qu'elle n'ait eu une complice, mais ça c'est une autre histoire, ne compliquons pas les choses.

Pour ce qui est de la femme de Damien Dubois, il est certain qu'elle le couvre. Mais elle peut le faire uniquement pour qu'il n'ait pas d'ennuis et peut-être pas parce qu'il est un meurtrier. Par contre, quand on a interrogé à nouveau tous les témoins, mais cette fois en relation avec le meurtre de Vincenze Cabrelli, presque plus personne ne se rappelait quoi que ce soit, ce qui est curieux. Le soir du meurtre de Dora est marqué au fer rouge dans leur esprit et on ne peut en dire autant en ce qui concerne l'autre meurtre. Côté mobile, tous les témoins s'équivalent. Ils auraient tous un excellent mobile. Mais, vous savez, j'ai pensé à quelque chose d'autre, j'ai déjà vu ça dans un film...

— Quoi donc?

— Euh... Ce Massimo qu'on dit enterré...

— Brûlé.

— Eh bien, peut-être qu'il n'est pas mort et qu'un autre macchabée dort à sa place. Il se cache pour mieux l'assassiner le moment venu et évidemment, tout le monde le croyant mort, hop! il fait le meurtre, ensuite, il change d'identité et...

Curieusement, le verbiage de son collègue apaisait Drapeau et l'aidait même à se concentrer. C'est pour cela qu'ils faisaient une si bonne équipe et qu'ils avaient résolu quantité d'énigmes. Ils se complétaient à merveille. Richard reprit le fil de la conversation et la fit dévier.

— Bien, ses voisins n'ont rien remarqué de spécial. D'ailleurs, l'appartement fait le coin de la rue et en face il y a un bois. Entre son immeuble et le bureau du psychanalyste doublé d'un bureau de notaire au premier — une femme charmante qui est devenue la notaire de Dora et de Massimo et qui a répondu à toutes nos questions avec une bonne foi évidente — il y a une laverie automatique qui ferme à 23 heures. Or selon le médecin légiste, Dora a été tuée entre 22 heures et minuit, heure à laquelle nous avons découvert le corps. Nous avons fait le tour des éditeurs et des journalistes qui l'ont côtoyée, d'une façon ou d'une autre, dont bien sûr, le plus important de tous, Damien Dubois; nous avons interrogé presque tous les étudiants ayant reçu leur diplôme ès lettres la même année qu'elle, sa meilleure amie et son soi-disant meilleur ami, de même que ses professeurs. Tous ceux qui la connaissent bien nous ont appris qu'elle n'avait presque aucun contact avec sa famille vivant dans un petit village non loin de Sherbrooke, mais nous nous y sommes quand même rendus, histoire d'en connaître plus long sur son histoire. Finalement, nous avons consulté, c'est le cas de le dire, le psychanalyste.

— À propos du psy, vous ne lui trouvez pas un air louche... vous savez, on dit toujours que les gens qui choisissent d'étudier cette matière pour en faire une profession ont eux-mêmes, au départ, de nombreuses lacunes sur le plan psychologique...

— Outre le fait qu'il ait un alibi des plus solides, je trouve plutôt qu'il a l'air d'un homme qui défend le secret professionnel.

— Ou plutôt qui s'abrite derrière le secret professionnel. Et puis, il me fait penser à Hannibal Lecter...

Richard Drapeau trouvait cela très comique. Il rit de bon cœur.

— Quels préjugés dans la bouche d'un inspecteur de police! Mais enfin, Lecter est un personnage de roman. De plus, je vous signale que c'est un psychiatre, et non un psychanalyste.

— C'est du pareil au même. Bien sûr, ceci est entre vous et moi... Mais moi, si j'avais à miser sur quelqu'un dans cette liste, j'opterais sans hésiter pour le psy... Et vous? Quel serait votre suspect numéro un?

Richard Drapeau, ses beaux yeux gris fixés sur la liste, n'écoutait plus. Et l'inspecteur Poirier réitéra sa demande.

— Évidemment, j'ai tout de suite moi aussi écarté le malfaiteur inconnu malgré la proximité de la laverie automatique, à cause, entre autres, du mortier. Il me semble que si le crime avait été précédé ou suivi d'un viol ou d'un vol, le mortier, dans ces circonstances, n'aurait été qu'une perte de temps. Or il n'y a eu ni vol ni viol, d'après l'autopsie... En fait, selon moi, il n'y a aucun suspect digne de ce nom, exception faite de Jobin, si l'on ne s'en tient qu'aux alibis. Mais, vous savez comme moi que l'alibi seul ne doit pas orienter nos recherches. D'ailleurs, il peut parfois s'envoler en fumée. Pourtant... je crois qu'il y a quelqu'un d'absent sur cette liste. C'est une sorte d'intuition que j'ai. Il est possible que nous ayons fait fausse route jusqu'à maintenant. Et que le meurtrier se rie de nous.

Le petit homme l'écoutait bouche bée, les bras ballants.

— Tu crois vraiment ce que tu dis, Richard?

— Oui, je le crois. Nous avons rencontré, par exemple, quelques anciens étudiants qui connaissaient à la fois Dora et Vincenze. Aucun ne m'a paru avoir la moindre raison de les tuer. La plupart étaient d'ailleurs à une fête d'anciens ce soir-là, ce qui nous facilite les choses étant donné que la fête s'est terminée aux petites heures du matin et que tous semblent avoir tenu le coup jusqu'au bout, selon les témoignages. Il nous reste à rencontrer toutes les personnes que nous n'avons pu joindre, comme celles qui habitent maintenant en Europe. Il faut dire que ce sont tous des gens traumatisés que nous avons interviewés jusqu'à maintenant, et comme tu le sais, lorsqu'on fait ce métier depuis longtemps, on réussit assez vite, sauf exception, à séparer l'ivraie du bon grain. Mes soupçons m'amènent à croire que l'assassin n'est peut-être pas allé à l'université, après tout. Les alibis ne sont pas tous de même valeur, mais il est possible que le mortier nous ait mis sur une mauvaise piste. Nous nous en sommes servis, dans un premier temps, comme d'un indice menant à la soirée de remise des diplômes, en supposant que le meurtrier y fût présent... Pourtant, il est possible que le mortier ait une autre signification, qui nous échappe. Par exemple, peut-être peut-on faire un rapprochement entre les clous utilisés et la couronne d'épines du Christ, que sais-je? Ou encore peut-être a-t-on voulu imiter le fils du prince Dracul de Roumanie qui clouait ses ennemis à leurs casques!

— Qui c'est, ce fils de prince?

— C'est Vlad l'empaleur, la personne qui a inspiré le personnage de Dracula à Bram Stoker. J'ai lu cela dans *La Presse*.

— Ah bon...

— Ce n'est probablement pas ça, mais ce que je veux dire, c'est que le mortier ne doit pas nous aveugler. Et pour en revenir au psychanalyste, à mon avis, il n'a rien à voir non plus avec ce crime, malgré le fait que son bureau soit très près de l'appartement de Dora. Le mortier est, je crois, la manifestation d'un esprit tordu plutôt qu'un indice qu'on nous aurait tendu comme une perche, par bravade. Pensez aux clous à moitié rouillés dont le tueur a cru bon se munir à des fins que vous et moi connaissons... Ce tueur pourrait même être une tueuse. Bien sûr, il pourrait s'agir d'une très grande amie qui aurait couvé une jalousie perverse à son égard... Ou pensez à ce Jobin, qui disait ne pas être attiré par les femmes...

J'aimerais que l'on interroge à nouveau Isabelle Laurent. De toute façon, je veux avoir des précisions de sa part sur ce que j'ai pu constater à cette église de Magog...

— Cette frêle jeune femme... vous croyez qu'elle aurait...

— N'oubliez pas que la victime avait absorbé une quantité énorme d'une substance soporifique. Dans cet état, n'importe qui aurait trouvé facile de l'étrangler à l'aide d'une corde. Peut-être aussi que les deux auraient pu être dans le coup. Ceci dit, je ne crois rien du tout... mais mon instinct me dit qu'Isabelle Laurent nous aidera à nous approcher de la vérité. Et, je le répète, nous n'avons peut-être même pas encore frôlé la vérité.

Chapitre 8

Par une pure coïncidence, au moment où Richard exprimait le souhait de rencontrer Isabelle Laurent à nouveau, celle-ci se rendait au commissariat d'un bon pas.

— Bonjour, j'aimerais voir l'inspecteur Drapeau, c'est très important.

— Je vais lui demander s'il peut vous recevoir.

— Merci.

Annie, la réceptionniste, s'enquit de la disponibilité de son chef.

Celui-ci lui avait répondu avec empressement qu'il recevrait Madame Laurent avec plaisir. En son for intérieur, nonobstant cette affaire, il trouvait les boucles rousses, le regard de chat et le profil à la grecque d'Isabelle bien attirants. Peut-être était-ce grâce à l'évocation de ce profil à la grecque que Jobin avait pu forger sa réponse si rapidement en parlant d'une femme rencontrée en Grèce. Quoi qu'il en soit, en présence d'Isabelle, Richard se sentait redevenir un collégien, un peu gauche et se comparait à son petit voisin que ses parents, du jour au lendemain, avaient forcé à porter un casque lorsqu'il se baladait à vélo. Avant, c'était un petit taureau qui fonçait, et depuis qu'il avait ce casque qui semblait plus gros que tout le haut de son corps, il avait perdu son panache. En pensant à Isabelle, Richard sentait ses jambes devenir molles. De plus, il était fasciné par l'allure que donnait au beau visage le minuscule diamant incrusté dans l'aile droite du nez, souvenir d'un voyage de jeunesse au Népal. Mais jamais il ne l'aurait avoué à quiconque.

— Bonjour inspecteur.

— Bonjour Madame Laurent. Que me vaut cette visite?

— Voilà! Cela va vous sembler étrange, mais j'ai reçu, de la part de la notaire de Dora, son journal. Elle m'avait légué celui-ci par testament. Et j'ai décidé de vous le prêter, à des fins d'enquête. Je l'ai lu. Vous allez constater qu'elle n'y avait pas recours souvent, car l'idée d'écrire un journal lui était venue assez récemment, en fait, en presque simultanéité avec la rencontre de son Adonis, comme elle se plaisait à le surnommer. Il recouvre la grande année de son bonheur de femme amoureuse jusqu'à la tragédie de sa vie, la mort de Massimo. Il se termine presque avec sa propre mort. Elle avait décidé de se mettre à ce journal pour entretenir sa plume en quelque sorte, en pratiquant l'écriture automatique. Mais elle ne pouvait s'empêcher de travailler ses phrases et il faut ajouter qu'elle m'a confié s'être vite lassée de l'écriture automatique qu'elle associait inévitablement à ses séances de psychanalyse! Si maigre soit le contenu de ce journal, je crois qu'il pourra vous être utile. J'ai cru bon vous remettre aussi notre correspondance réciproque car, comme je demeure à Sherbrooke, Dora et moi avions quelquefois des échanges épistolaires, ce qui nous changeait de nos fréquentes conversations téléphoniques. J'ai toujours fait des photocopies de mes propres lettres et j'ai conservé, bien sûr, celles que Dora m'a écrites. Je ne vous ai apporté que les plus récentes, car nous nous écrivions depuis si longtemps, vous en auriez pour le reste de votre vie...

— Je ne sais comment vous remercier. Mais, dites-moi, comment se fait-il que nous n'ayons pas nous-mêmes mis la main sur ce journal lors de la fouille de l'appartement de Dora?

— Ce que la notaire m'a dit, c'est qu'il avait été lancé par la fenêtre, probablement au moment où le meurtrier entrait. C'est le livreur de journaux qui l'a trouvé au matin et l'a remis à la notaire parce que son nom et son adresse étaient écrits sur l'enveloppe brune contenant le journal.

— Nous avons interrogé le livreur de journaux qui n'a rien remarqué de spécial cette journée-là; il n'a pas dû penser à cette enveloppe. Nous lui rafraîchirons la mémoire dès que l'occasion se présentera. Cependant, je me demande pourquoi la notaire, même s'il était précisé sur une note qu'elle vous le léguait, ne nous l'a pas remis immédiatement. Elle est au courant qu'il y a une enquête criminelle...

Enfin, quand j'aurai lu tout cela, est-ce que nous pourrions nous voir pour en discuter? Je connais un excellent petit resto italien où l'on sert des pâtes exquises et les meilleures escalopes de veau en ville!

— Ce sera avec plaisir. Vous savez, je songe à m'installer à l'appartement de Dora et Massimo. Le propriétaire, à qui j'ai parlé et qui habite à plusieurs stations de métro de là, n'arrive pas à le louer à cause du drame mais moi, j'y sens les bonnes vibrations de Dora. Je n'ai aucune superstition et j'ai l'impression d'être plus près d'elle. Et puis, je m'ennuie de la grande ville. Côté emploi, je pourrais être affectée à Montréal demain matin, si je le voulais. Quoi qu'il en soit, je vous tiendrai au courant et vous donnerai mon nouveau numéro de téléphone le cas échéant. Lorsque vous aurez fini de lire et de relire ce journal, je vous rencontrerai avec plaisir.

— Cela ne saurait tarder, Madame Laurent.

Puis, il porta le coup de grâce.

— Mais j'espère que cela n'offusquera pas François Jobin.

— Pourquoi dites-vous une chose pareille?

— Parce que je vous ai vue en sa compagnie dans une église de Magog et... il m'a semblé que pour un homosexuel, il vous serrait de près. Et vous m'avez menti, vous le connaissiez.

Isabelle Laurent s'affala soudain dans le fauteuil.

— Vous m'avez suivie?

— Non. Je suis natif de la région que vous habitez, et j'avais décidé de me promener dans les environs ce soir-là.

— Je suis désolée, Monsieur l'inspecteur. Je ne sais pourquoi, François a réussi à me convaincre de ne pas parler de notre relation. Elle est récente et personne n'est au courant, enfin c'est ce que l'on croyait... Il m'a fait comprendre que si la police était au courant, nous serions tous deux soupçonnés du meurtre de Dora.

— Peut-être qu'il a vraiment peur pour lui-même?

— Justement... C'est pour cela que je suis venue vous apporter le journal de Dora si rapidement. J'y ai découvert des choses qui m'ont fait redouter que François Jobin ait commis le meurtre. En fait, je le soupçonne d'avoir tué Dora parce que j'étais trop attachée à elle. Et, selon certains extraits du journal, il me voulait...

— C'est pourquoi il voudrait que la police ignore que vous avez une relation?

Isabelle parut hésiter.

— Allez, dites-moi, ce que vous ne dites pas se saura tôt ou tard, alors mieux vaut parler maintenant.

— En fait, je me rends compte que nous sommes tous plus ou moins sortis les uns avec les autres, si vous voyez ce que je veux dire...

— Non, je ne vois pas.

— Vous savez, j'ai vraiment *aimé* Dora. Je l'aimais d'amour, mais, hélas, pas elle... Et, contrairement à ce qu'a raconté François, la relation entre eux n'était pas platonique... Cependant, elle n'était qu'occasionnelle... Ils n'ont jamais habité ensemble. Cette relation se passait à l'insu de tout le monde. Ces deux-là aimaient le mystère. C'est Dora qui a quitté François et ils se sont revus en amis. Longtemps, je me suis demandé si je n'étais pas lesbienne... Depuis la mort de Dora, je me suis aperçue que je ne l'étais pas. Je l'aimais, *elle!* J'essayais, depuis cette tragédie, d'avoir des relations agréables avec François Jobin. Il s'agissait d'un essai. Je me disais que nous avions, lui et moi, un gros point en commun: nous avions tous deux aimé Dora, du moins c'est ce que je croyais. Je sais que cela doit vous sembler bizarre... mais c'est ainsi.

François m'avait convaincue que ce genre d'histoire semble toujours lié à un passé trouble pour les gens de la police. Et puis, j'ai lu ce journal... et je me demande si Dora ne me l'a pas légué pour me mettre en garde contre lui. Tout est mêlé dans ma tête... Et ce n'est pas tout...

— Poursuivez, je vous en prie.

— Je crois avoir été victime d'une tentative de meurtre dernièrement.

— De quelle façon?

— Une voiture, un cabriolet blanc, a foncé sur moi alors que je me rendais à un café très tôt le matin. C'est une de mes vieilles habitudes.

— Vous connaissez la marque de cette voiture?

— J'avoue que non... mais il me semble l'avoir déjà vue. Pourtant, Jobin possède un coupé de couleur rouge...

— Il pourrait l'avoir louée... ou volée. Dommage que vous n'ayez pas eu le temps de prendre en note le numéro d'immatriculation. Madame Laurent, vous n'avez arraché aucune page de ce journal?

— Jamais de la vie... D'ailleurs, vous vous en apercevriez, non?

— En effet... Dites-moi, vous ne deviez pas aimer beaucoup Massimo si vous aimiez Dora à ce point?

— Au contraire, la voir heureuse me rendait heureuse. C'est la voir morte qui me rend malheureuse.

— Bien sûr, je suis désolé. Ceci dit, je réitère ma proposition en ce qui a trait au resto italien. M'y accompagnerez-vous le moment venu?

— Avec plaisir.

— J'oubliais... Il y a autre chose dont je veux vous parler.

— Oui, répondit une Isabelle aux aguets.

— Votre fille est la fille naturelle de Dora, n'est-ce pas?

Cette fois, elle était franchement décontenan-cée.

— Comment avez-vous découvert cela?

— En fouillant dans les archives des hôpitaux et en consultant les registres de la province. J'en étais venu à cette idée d'abord en décortiquant son pré-nom: Isadora pour Isabelle et Dora. Puis, tout le monde savait qu'Isadora Duncan était l'idole de Dora McLeod. Enfin, elle ressemble beaucoup à Dora sur ses photos de petite fille. Cela m'a frappé en visitant sa chambre chez ses parents. Et je crois deviner qu'elle vous a légué ses droits d'auteur parce qu'elle savait pertinemment que vous les utiliseriez à bon escient car vous êtes folle de cette enfant. Évidemment, dans son testament, une clause mentionne que tout ira à Isadora à votre mort.

Il fit une pause.

— Ce que j'ignore, ce sont les circonstances de cet échange, si je puis dire, et le nom du père. Est-ce Jobin?

— Non. Il s'agit de son premier amant, Roberto, un vrai salaud qui n'a été qu'un parasite dans sa vie. Dora l'avait foutu à la porte et tenait absolument à ce que tout le monde ignore son état... Après avoir entendu les battements du cœur de l'enfant grâce au stéthoscope du médecin, elle fut incapable de se décider à se faire avorter. Elle se rendit pour quelque temps à un endroit où elle ne connaissait personne, près de Québec. J'étais la seule à le savoir. C'est pendant sa grossesse qu'elle a écrit son premier roman. Elle ne l'a fait publier qu'après l'accouchement. Dora ne voulait pas d'enfant. Or j'en voulais désespérément un mais sans avoir à le partager avec un homme, du moins à l'époque. Tout s'est donc réglé comme ça. Vous remarquerez qu'elle est la discrétion même à ce sujet dans son journal et dans ses lettres. Personne ne pourrait deviner, à lire ces documents, qu'Isadora est sa fille... Inspecteur, je suis très fatiguée. Est-ce que je peux m'en aller?

Elle avait l'air pitoyable.

— Oui, vous pouvez partir. Euh... Madame Laurent?

— Oui?

— Je vous en prie, soyez prudente.

— Bien sûr.

Elle sortit gracieusement, de sa démarche d'elfe.

Mon Dieu! se dit Richard. *Serait-il possible qu'Isabelle ait tué Dora parce que celle-ci avait toujours refusé ses avances? Sans oublier les droits d'auteur... Ou encore Jobin parce que Dora l'avait quitté... Auraient-ils formé un ménage à trois? Jobin et Isabelle seraient-ils des complices? Et qu'est-ce qui avait fait si peur à Dora pour qu'elle ait senti le besoin de jeter son journal par la fenêtre? Elle devait le replacer dans son enveloppe brune chaque fois qu'elle écrivait dedans, mais de là à le jeter par la fenêtre plutôt que de l'enfouir dans sa commode...*

Richard croyait connaître la réponse quant à cette attitude mystérieuse: elle avait dû avoir très très peur.

Il referma la porte, pensif, et se plongea immédiatement dans les pages du cahier à moitié vide, en notant sur une feuille de ne pas oublier d'interroger à nouveau la notaire, le camelot et surtout Jobin qui, Drapeau en prenait soudain conscience, ne lui avait toujours pas fait parvenir les explications relatives aux textes des cartes postales. De toute manière, Richard Drapeau allait devoir lui demander des comptes.

* * *

De son côté, Isabelle était sortie du commissariat songeuse. Elle se souvint d'un fait qui lui avait fait entrevoir, même si elle s'y refusait complètement, son amour des hommes. C'était ce bel Anglais en visite qui lui avait fait connaître les gestes de l'amour. Elle se remémora sa voix caressante: *You look pretty, you know?* Et sa première réponse à l'homme: *So what?* Sur le pied de guerre, incapable qu'elle était d'accepter le compliment pour ce qu'il était. Heureusement, cela n'en était pas resté là. Mais à cette réaction face à la gent masculine dans son ensemble se superposait, en filigrane, des scènes d'un autre temps, disgracieuses, pathétiques, qu'elle avait réussi pendant longtemps, pour son malheur, à semer très loin de sa pensée consciente.

Ne pas y songer, vite, arroser les plantes, faire du café, chercher une recette, coudre un bouton... En vain. Cela déferlait.

L'angoisse venait tout chahuter dans des instants banals comme tout alors qu'elle en ignorait la source.

Et tout simplement par un rêve, sans l'aide d'aucune thérapie, elle avait réussi à extirper, comme on le fait d'un chicot de dent pourrissant dans la bouche après une extraction mal faite, la scène la plus odieuse qui avait entraîné, dans son sillage, la sérénité qui suit une révélation.

Elle rentrait de jouer un après-midi et son père, chômeur et alcoolique incestueux de surcroît, sortait de la salle de bains avec sa plus jeune fille de six ans. Isabelle en avait huit. Elle reconnut au visage de sa cadette la rougeur honteuse, la détresse imprimée dans le regard. Son père les avait fait asseoir dans la cuisine pour leur donner à manger. Mais les deux sœurs n'arrivaient pas à avaler quoi que ce fût et ne se quittaient pas du regard. Puis la plus jeune vomit dans son assiette. Isabelle nettoya le tout. Sa pire crainte s'était réalisée... Ainsi, il avait commencé à tripoter Mathilde.

Puis la mère entra dans la maison. Elle était peintre. Son exposition marchait bien. Comme dans un cauchemar, la scène se déroulait dans sa totalité. Sa mère était rieuse, elle avait vendu deux tableaux. Ignorant le malaise imprimé au front de ses deux filles, elle amorça la conversation en demandant à l'homme s'il avait remarqué les sourires contraints de ses amis venus souper la veille, lorsqu'elle leur avait parlé de certains artistes qu'elle aimait bien, et des différents courants esthétiques qu'ils représentaient. *C'était évident qu'ils ne savaient pas de quoi je parlais mais, plutôt que de me questionner à ce sujet, comme je le fais moi-même lorsque je ne connais pas quelque chose et que le sujet présente le moindre intérêt, ils acquiesçaient en répétant ensuite tout ce que je disais comme des perroquets... Quel orgueil mal placé!*

Alors son père, ne supportant aucune critique touchant de près ou de loin ses compagnons de beuverie, durcit son regard déjà rendu mauvais par l'alcool. À midi tapant, il en avait déjà pas mal absorbé... Il avait alors tâté puis pincé fortement la joue de sa mère, lui susurrant, d'un air sadique: *Vois comme tes joues déjà fripées sont peu attirantes pour un homme. Ça, c'est joli*, ajouta-t-il en caressant les joues des deux bambines. Leur mère, qui ne perdait jamais son lumineux sourire en présence du monstre, lui répondit: *Bien sûr chéri! Tu prends un verre avec moi?*

Isabelle, l'estomac noué, reprit sa marche d'un pas mal assuré.

* * *

Près du canal Lachine, dans l'ouest de Montréal, un cabriolet blanc était garé cet après-midi-là. Un homme à l'apparence insignifiante s'apprêtait, canne à pêche en main, à rejoindre le vieil homme assis dans cette voiture. Une plaie récente d'environ 6 cm était visible à son poignet droit.

— Allez fiston, la pêche sera meilleure une prochaine fois..., dit le vieil homme en lui ouvrant la portière.

Chapitre 9

Journal de Dora McLeod

Le 20 août 1993

J'y ai bien pensé plusieurs fois avant de m'embarquer dans cette galère. (Je ne parle pas de toi, cher journal, mais de ma naissance.) Même que je me suis coincé le cou dans le chaud tunnel menant au point de non-retour... rien n'y fit, je vis le jour. À bien y songer, cette volonté de demeurer dans un ventre constitue ma première véritable tentative de suicide, mais tout le monde l'ignore.

Lorsqu'on se met à écrire un journal, même avec des années de retard, il faut bien commencer par le commencement... Donc, je naquis en un jour froid d'hiver tout en découvrant la problématique existentielle grâce à une bonne tape sur les fesses: AÏE!

Évidemment, je ne prétends pas être le seul être vivant à avoir vécu ce traumatisme, mais y a-t-il beaucoup de fœtus qui tentent le suicide? Il y a peu de statistiques là-dessus... Cependant, les pleurs intenses consécutifs à la naissance me prouvent qu'il n'y a pas de bébés vraiment heureux d'exister. Le leurre adulte par excellence est le bonheur. Si j'avais choisi mon nom, je me serais appelée Ali Énée (qui aurait bien pu être un personnage échappé d'un roman de Réjean Ducharme).

Venez, beaux sentiments, vous échouer sur mon rivage, vous n'y ferez pas long feu. J'exècre la vertu exercée publiquement, la charité bien ou mal ordonnée et toutes ces douceurs poisseuses qui sentent l'hypocrisie et le «REGARDEZ-MOI COMME JE SUIS BON!» *Moi, si je pouvais choisir mon propre personnage, je voudrais bien être Scarlett O'Hara, mais surtout pas Mélanie Wilkes!*

Le 25 août 1993

Cher journal, je te délaisse et n'ai que l'excuse de mes mauvaises pensées style... je me suicide. Je suicide qui? ME mis pour MOI. Tu vois, je n'en oublie pas pour autant ma grammaire. *Ah! la bonne petite que voilà.*

En fait, on dirait que je n'écris dans ce journal que lorsque je suis sous l'emprise du spleen... Cette fois je remets ça à cause de l'amour. Je suis victime d'un coup de foudre incroyable qui me rend vivante, bien sûr, mais qui, paradoxalement, me donne envie de mourir. Je crains la passion, la douleur, surtout que je ne sais même pas si mon coup de foudre est réciproque. Je crois avoir enfin trouvé l'Apollon de mes rêves, tu imagines, cher journal! Je n'ai vu que sa nuque et pourtant je peux te jurer que c'est bien lui. J'ai tenté d'expliquer cela à Isabelle dans une lettre. C'est arrivé alors que je me rendais m'affaler sur le divan honni... Honni, comme tu le présumes sans doute, parce que j'ai toujours peur de ce que j'y découvrirai, mais en même temps... béni, pour la libération qu'il procure! Sur le chemin menant à nos douleurs passées, il y a parfois de ces cadeaux! Mais il pourrait s'agir d'un cadeau empoisonné, l'amour...

* * *

Il y eut un temps où cette attirance du gouffre était moins obsédante... Le temps de l'ennui. Ce temps poisseux semble s'être éteint, j'ai envie de me mettre la tête au-dessus d'un volcan en éruption, histoire de me figurer l'enfer!

Le temps est maussade, aucune feuille dans les branches, le béton qui va avec le reste. J'aimerais beaucoup avoir une de ces conversations animées dont Isabelle a le secret. Benjamin me tape sur les nerfs, j'aimerais bien qu'il oublie que j'existe. Plus il en fait, plus il m'énerve. Il est visqueux. Je me dope à l'*espresso*. *Espresso*, express, mon café se prend sous le signe de la vitesse. Heureusement que j'ai mes chats qui offrent toujours un tableau magnifique. Nous, les humains, avons besoin de vêtements pour recouvrir notre banale enveloppe de chair sans poils bleus ni plumes multicolores. Mais leur pelage, leurs écailles, leurs plumes sont les plus splendides atours et atouts qui soient. Les animaux resplendissent naturellement, ils n'ont ni boutons, ni couperose, ni cellulite, ni rides. Amen.

Je hais cette fin de siècle, je hais le coca-cola, le vinyle, le plastique. Je suis constamment assaillie

par des matériaux et des combinaisons de molé-
cules qui me choquent et me rappellent une ère
que je n'ai pas choisie. Heureusement, le do est
resté le do et le ré le ré. Chopin est tout de même
Chopin, même au laser. Ah! si j'avais pu choisir
mon époque et le lieu de ma vie! Je me vois très
bien assistant à la première de *Don Giovanni*, opéra
magnifique dirigé par nul autre que Wolfgang
Amadeus Mozart. Ou même à une époque un peu
plus récente, attablée au Dôme et discutant littérature avec Simone et Jean-Paul. Mon psy croit bon
de me rappeler que j'aurais très bien pu, si j'avais
vécu à une autre époque, être une servante, battue
et engrossée par un maître despote, ou encore une
esclave, travaillant debout dans les champs de coton de l'aurore au crépuscule.

C'est plausible, mais je suis certaine qu'il se
trompe. C'est une stratégie pour me mettre dans la
caboche que notre époque est merveilleuse. Bien
sûr, elle a ses avantages: toutes ces variétés de
musique à portée de main, le cinéma. Ou encore
la pilule. Et puis, selon lui, il faut que j'oublie les
phrases que j'ai en tête et que je me reprogramme...
Fi de cet Aragon avec son *il n'y a pas d'amour heureux* et de cette Carmen: *L'amour est un oiseau
rebelle que nul ne peut apprivoiser [...] L'amour,
l'amour, l'amour!* Je dois te quitter, cher journal, à
bientôt! J'ai rendez-vous avec D.D.

Le 5 novembre 1993

L'amour arrive toujours au moment où on s'y attend le moins, paraît-il. Cela doit être vrai. Jamais je
n'aurais cru que mon bel Italien, tel qu'il est, puisse

exister, et n'être là que pour moi, et qu'il soit plus beau encore que ce que j'ai pu imaginer. Je suis certaine que je te semble, cher journal, d'un sentimentalisme mièvre... mais je n'y peux rien, je nage dans le bonheur absolu, moi qui jamais n'ai cru cela possible en ce monde. J'ai peur que le temps file trop vite alors qu'il passait si lentement naguère, me semble-t-il maintenant. Je suis à faire mes bagages car nous partons pour Cuba, en amoureux. Il n'y a donc pas que F.J. qui voyage en ce moment. Les palmiers, le clair de lune, la brise tiède. Un décor romantique à souhait pour notre amour naissant. *Arrivedérci.*

Le 16 novembre 1993

Cher journal, le temps est splendide, nous nous baignons comme deux enfants toute la journée et le soir, dans la chambre, nous léchons le sel de nos peaux gavées de soleil et de mer, comme deux chats qui se lavent mutuellement. Nous vivons d'amour, d'eau fraîche et... de rhum. La vie est belle!

Le 30 novembre 1993

De retour de voyage, déprime totale. Est-ce la fin du temps doux, la vision des arbres dénudés après la splendeur des ciels rouges et la crainte que la fin d'un voyage entraîne la fin d'une passion indescriptible?

Vous est-il déjà arrivé...? Oui, sûrement... Vous flottez au-dessus de vous-même, vous ne vous percevez plus que comme un monstre de bonté, c'est-à-dire que vous croyez vraiment que vous faites pour le mieux dans la vie et surtout, depuis quelque temps, vous sentez à fleur de peau votre gentillesse à l'égard de l'autre que vous aimez profondément et qui vous aime peut-être. Et puis, tout d'un coup, toutes les vilaines petites vipères enfouies, toutes les *Folcoche* cachées tout au fond de vous-même sortent leurs hideuses petites têtes; leur émergence est provoquée par une simple petite phrase de l'autre dite sans méchanceté. MAUDITE PUISSANCE DES MOTS! Et voilà ces monstres qui voudraient ronger votre être et ils ont toujours été là et vous NE LES SENTIEZ PAS. Dans la jolie retraite imaginée pour et avec l'autre, cette retraite qui lui est peut-être une cage, et même pas dorée. Ces vipères vont-elles encore une fois rentrer leur tête en vous ou leur venin est-il indélébile? Le ver se loge au cœur de la pomme et ne meurt qu'avec la disparition de la pomme. Voilà la logique. Que ces serpents sortent et rongent en entier mon être, mais QUE JE SOIS LIBÉRÉE. J'en ai marre de cette épée de Damoclès, de ces regards si aveugles et de ces oreilles si sourdes.

Oui, jamais plus vous n'oublierez ceci, les écrits restent. Vous l'écrivez pour vous relire et vous relire jusqu'à ce que vous en ayez vraiment saisi toute l'horreur. Une pomme ne fait une belle petite vieille que lorsqu'elle n'a jamais eu en elle le moindre germe de ver, mais pour celle qui le possède en ses entrailles, sachez qu'il ne disparaîtra pas sans entraîner la pomme avec elle dans sa chute... Morale de cette histoire: il n'y a que deux sortes d'êtres, ceux qui ont des vers et ceux qui n'en ont pas. Il faut s'arranger avec ça.

La faim, l'apaisement, la faim, l'apaisement. Tout ça tourne autour de l'axe du désir qui nous maintient en vie, paraît-il. Mais la douleur est tapie sous le moindre plaisir, la tache apparaît sur la couleur pleine et pure du fruit mûr et parfumé qui, déjà, va vers sa tombe. Ainsi soit-il. Pourquoi, doux petit cheval, cherches-tu à renier ton être? N'est-ce pas ce qui te mène à ta perte plus sûrement qu'une vie de misère? Cours, dresse-toi et ne cesse jamais de courir vers le large. Les horizons sont à toi et la folle avoine attend ton piétinement. Et tout au bout de ta longue route, peut-être que, harassé d'avoir accompli ce que tu désirais, tu trouveras la paix... mais malgré tout, je ne peux t'en faire la promesse...

Cela me rappelle un poème que j'avais écrit en classe à quatorze ans à titre d'examen (que j'ai coulé comme il se doit). Je te le confie:

> Jolie petite poésie toute polie
> Tu n'as encore rien compris?
> Tu n'existes pas vraiment et pourtant
> on célèbre ton enterrement.
> Il fut un temps où ton mirage me bernait
> mais la fausseté d'un mirage toujours apparaît.
> Te voilà toute nue, décharnée, nécrosée.
> Et la vermine n'en veut qu'à toi en ce monde
> car de tous les mensonges, tu es le plus immonde.
> Descends, descends tout au fond du puits.
> Et souffre, et crève et pourris!

Le 15 décembre 1993

Bonjour cher journal, ça va beaucoup mieux. Je ne sais pas ce que j'avais l'autre jour ou plutôt je le sais... Je crois que ça se situe du côté de mes hormones... Ah! si ça pouvait se soigner au lithium! Bref, ce ne sont que les montagnes russes habituelles. Isabelle s'en vient passer quelques jours, j'ai bien hâte. Cela remonte toujours le moral de se retrouver et de sortir en célibataires. On a beau dire, l'amour des fringues, des parfums, ça ne se partage pas avec un homme. Bien sûr, les hommes admirent la robe, apprécient l'odeur, mais ne peuvent comprendre l'effervescence rattachée au fait de marchander, de choisir, de soupeser... le bonheur! Tout de même, il y a toujours au fond de moi une crainte idiote: que Massimo aime mieux Isabelle que moi... Elle est tellement intéressante et jolie! Je sais que c'est idiot, que mon bel Italien m'adore. Mais j'ai peur de toutes les femmes, même de ma meilleure amie! Évidemment, je ne le lui dirai jamais, j'aurais beaucoup trop honte! Car tout cela n'a rien à voir avec elle au fond... Il m'est difficile de t'en parler. En fait, cela a tout à voir avec François Jobin qui m'a profondément humiliée. Vois-tu, j'ai découvert, lorsque nous avions notre aventure, qu'il n'était avec moi que pour mieux approcher ma chère Isabelle. Un jour, je me suis aperçue qu'il manquait des photos à mon album. Un matin où j'étais restée à coucher chez lui, je les ai découvertes dans son tiroir. Bien sûr, il y avait des photos où se trouvait Isabelle seulement. Mais sur toutes les photos où Isabelle et moi apparaissions, il avait découpé ma silhouette pour ne conserver que celle d'Isabelle. Il n'avait, en fait, conservé qu'une photo de moi et c'est probablement parce qu'il était lui-même dessus. C'est celle où, pour rigoler, il portait mon mortier rose à une soirée. Et m'est revenu ensuite que c'était à tout propos: *Si on invitait ta copine Isabelle à venir nous voir?*

Lorsqu'elle venait nous visiter, en général à mon appartement et quelquefois à sa maison (car nous n'avons jamais habité ensemble), au dîner ou au souper, il la dévorait du regard. Or le fait est que la pauvre Isabelle, elle, n'avait d'yeux que pour moi. Cela le mettait dans une rage. Dès qu'elle était partie, sa frustration retombait sur moi. Voilà pourquoi je l'ai quitté.

Quand j'ai rencontré Massimo, il s'est éclipsé en Europe en me disant qu'il était pour m'envoyer des cartes postales qu'il voulait que je brûle... Je ne vois pas pourquoi je les aurais brûlées! J'ai fait à ma tête et les ai gardées malgré ses mises en garde ridicules. Pourquoi écrire alors? Tout le monde sait bien que les écrits restent. Mais désormais, je crois savoir pourquoi... Il m'écrivait pour me dire ce qu'il avait écrit à Isabelle et de façon détournée, il me pressait de lui donner des nouvelles d'elle, de lui dire si elle m'avait parlé de ses cartes postales... Elle ne devait pas lui répondre... À moi, chaque fois, il fournissait d'innombrables adresses: tel copain à Paris, tel hôtel à Rome... Il aurait voulu que je serve d'intermédiaire ou de délatrice, je ne sais trop.

Bref, ce maudit Jobin m'a rendue méfiante, moi qui ne l'étais déjà que trop... Mais je suis comme je suis et je désire te cacher le moins de choses possible, cher journal!

Le 20 décembre 1993

Isabelle est venue et c'est déjà terminé. Quel plaisir nous avons eu! Et tout plein de fous rires et de complicité! Isadora est une enfant adorable et secrète. Elle me fait beaucoup penser à moi... Naturellement, je m'inquiétais pour rien, tu sais, cher journal, au sujet de ma maudite jalousie toujours imminente... Bref, cette visite m'a fait un bien fou et me voilà rassérénée!

Le 10 avril 1994

Cher journal, comme tu vois, je ne te suis pas très fidèle. Je suis ainsi. Je t'ai délaissé pour tout simplement vivre.

C'est le printemps et Massimo est un ange. Nous sommes en train de repeindre l'appartement et c'est moi qui ai choisi les couleurs de chaque pièce. J'ai laissé les chats chez la voisine pour qu'ils ne soient pas incommodés par l'odeur. La cuisine est terminée et Massimo va nous concocter des antipasti et un plat de pâtes sauce tomate de son cru que nous mangerons sur la terrasse en sirotant un bon Chianti. En fait, il utilise des tomates, prises dans son minuscule jardin, qu'il réussit à faire sécher au soleil chaque année, vers la fin de nos étés qui sont pourtant si courts! Il m'étonnera toujours! Et je ne te dis rien de son pesto, le meilleur que j'aie jamais goûté. Je m'en lèche les babines à l'avance. Oui, le soleil d'avril est très fort, je n'en pouvais plus, j'ai mis deux chaises sur le balcon-terrasse. Avec de bons chandails! Nous allons changer les meubles de place et ça nous fera comme une nouvelle maison! Mais j'ai hâte que ce soit terminé et qu'on sorte nos vélos! Ah! autre chose. Pour la première fois de ma vie, je vais aller à la pêche. Mon Italien adoré est amateur de poissons frais et il m'emmènera taquiner la truite bientôt. Pas de répit pour les touladis, pardi! Puis, il m'a promis qu'on irait cet automne dans le Vermont, qui sera alors de toutes les couleurs. J'ai hâte de lui faire connaître Burlington où nous flânerons dans les cafés. Ensuite, nous errerons au musée de Shelburne tout en croquant les pommes cueillies à même les arbres magnifiques bordant le trajet. Que la vie est belle avec lui! La pause est terminée, à bientôt! (Si je pouvais te donner un pinceau!)

Le 15 septembre 1994

Comme tu peux le constater, cher journal, je n'ai pas eu le temps de te donner de nouvelles cet été. Je suis à boire mon café matinal habituel qui sert à me requinquer. Mais ce matin, je n'en aurais pas vraiment besoin car je suis très excitée: je prépare mes bagages. Nous partons pour le Vermont. À nous l'air pur, les couleurs de feu, les tapis de feuilles. *Ciáo!*

Le 15 octobre 1994

Je sors de l'hôpital... Je puis t'affirmer, cher journal, que jamais plus je ne serai la même personne. J'ai tout perdu. Il faut croire que cet amour était quelque chose de trop beau pour être confiné à de vulgaires dimensions terrestres. Je n'ai plus envie d'écrire, JE NE RESSENS PLUS RIEN. Je me suis rendue voir les supposés restes de Massimo. L'aspect binaire des états de vie et de mort me semble incontournable. Lorsque tu es mort, tu ne vis plus et tu ne peux être mort lorsque tu vis. Il n'y a pas d'étape transitoire pour la matière. J'ai beau me sentir morte, si quelqu'un me pince, je fais «Aïe!». Je ne suis pas une martyre. Je n'ai rien à ajouter.

Le 25 novembre 1994

Bonjour cher journal. Quelques lignes avant d'aller voir mon psy. Je songeais aujourd'hui au moment où j'ai découvert que je n'étais pas immortelle, en fait assez tard. J'avais vingt ans et quelque, je crois, enfin il me semble que le temps de la petite école était passé depuis belle lurette... J'ai donc découvert mon aspect mortel grâce à une fracture au cinquième os métatarsien de mon pied droit. En voyant mon squelette sur une radiographie, j'eus un choc. Je n'étais qu'os. Chair temporaire. C'est pourquoi, lorsque je vois les hommes me dévorer du regard dans la rue, je n'en ai cure. S'ils savaient... J'ai trente ans et je suis lasse. Le poids des abus de l'humanité est de plus en plus lourd. Mes épaules s'affaissent et il me semble que celles de mon arrière-grand-mère étaient plus droites. Peut-être aussi que cet affaissement s'amplifie de génération en génération parce que ce monde est trop vieux. Sais-tu, cher journal, bien après la découverte de mon propre squelette, quelle a été l'une de mes nouvelles obsessions? La mécanique masculine. Elle me fascinait, bien sûr, et m'exaspérait. Cela levait comme le bon pain à mon contact, mais était-ce à mon seul contact, étais-je l'unique?

Tu sais, en plus de l'épisode Jobin, j'avais été rendue méfiante à cause de mon premier amant... Je crois que je ne t'en ai pas encore parlé. Que je te raconte: j'étais partie pour mon cours à l'université. Sentant venir un début de migraine, je décidai de ne pas y aller et revins à mon appartement. Il y avait de la musique qui y jouait à tue-tête et Roberto ne m'entendit pas l'appeler. Quand j'arrivai à la salle de bains pour prendre mon flacon d'aspirines, je le trouvai dans la baignoire en compagnie d'une pétasse à deux sous. Ils trinquaient dans *mes* verres à vin. Mais, peu importe aujourd'hui, je n'aimais pas réellement cet homme, il ne faisait que combler ma solitude. Peut-être un jour aborderai-je la suite de cette aventure, mais cela m'étonnerait. Fin de la parenthèse.

Enfin, pour en revenir à mon obsession relativement à Massimo, ma crainte était que ce merveilleux pont-levis fonctionnât devant chaque femelle apparaissant dans le champ de vision de mon mâle. Aussi, si une actrice un peu trop jolie se pointait en plein dans le film qu'on regardait, mon Apollon et moi, je sentais le besoin de toucher pour voir si cette apparition tellement plus inspirante que la mienne, me semblait-il, déclenchait quelque réaction indésirable. Mais pas trop, pour ne pas fausser les données. *Ouf! pas cette fois*, me disais-je. C'était un véritable soulagement. Des gars à qui je m'étais confiée à ce sujet sous le sceau du secret — car j'ai toujours voulu comprendre ce qu'est un homme — m'ont trouvée bien marrante... En s'esclaffant au sujet de mon obsession, ils m'ont révélé qu'il y avait quand même plusieurs facteurs en jeu, que, de toute façon, c'était le cerveau qui régissait ça comme tout le reste, heureusement, car ils ne se voyaient pas se promener dans la rue avec «ça» en l'air chaque fois qu'une jolie fille passait devant eux! Ce qu'ils trouvaient encore plus hilarant était le fait que je m'en faisais à propos des actrices que je voyais à la télé; ils ne se voyaient pas faire ça avec une boîte carrée! Il faut dire que moi, avant d'emménager chez Massimo, je n'avais pas la télé. Je leur avais expliqué que ces déesses de la pellicule me causaient de ces angoisses! Eux m'affirmaient ne pas ressentir de jalousie pour les acteurs, car ils savaient qu'ils ne les trouveraient jamais au lit avec leurs copines. Ils se foutaient éperdument qu'elles les comparent à Johnny Depp ou à Tom Berenger.

Ceci dit, l'actrice favorite de Massimo était Vivien Leigh et la mienne, Bette Davis. Nous raffolions des vieux films américains en noir et blanc. Selon les gars dont je parlais tantôt, ceux-là n'étaient pas bien menaçants, puisqu'il n'y avait aucune scène de cul... et qu'ils n'avaient jamais eu envie d'une partie de jambes en l'air en regardant Bette Davis à la télé...

Je croyais bien être la seule à me taper ces vieux films mais, Dieu merci, quand je l'ai connu, Massimo en possédait toute une collection sur vidéocassettes. Évidemment, compte tenu de ma jalousie omniprésente, c'était beaucoup mieux comme ça, comme me l'avaient affirmé les copains car au moins, dans ces vieux films, les actrices étaient plus habillées, si je puis dire, que dans les films d'aujourd'hui! Quand même, pour me convaincre que le danger était inexistant, dès que je le pouvais, je vérifiais la théorie des gars subrepticement.

Comment expliquer... Je sais que c'est difficile à comprendre... mais j'aurais voulu qu'il ne voie que mon corps à moi. Je le lui offrais comme le cadeau le plus intime. Je suis probablement l'une des dernières puritaines d'Amérique!

Nous nous faisions du *pop-corn* et avions bien du plaisir à regarder ces vieux films en nous serrant l'un contre l'autre sur la causeuse de velours. Cela se passait bien après nos débuts, car alors nous étions constamment enfermés dans la chambre et ne regardions aucun film. Je n'avais même pas le temps de te confier mes pensées. C'était le rut permanent!

Aujourd'hui que mon Apollon n'y est plus, je me sens tellement futile, autant que si je continuais à me demander si ça lève dans la tombe sans que j'y sois, avec lui... Il faut dire que je ne suis jamais parvenue à y croire. À sa mort, je veux dire... Peut-être que si j'avais vu son corps. Mais je n'ai que les détails de l'accident qui m'ont été rapportés par d'autres. Il me manque tellement... Je ne connais de lui que la plus grande année de bonheur que mon existence m'ait apportée. Ce que je veux dire, c'est que je ne savais presque rien de son passé et que je préférais cela ainsi. Je n'aurais pas voulu savoir avec combien de femmes il avait couché, etc. Ça m'aurait rendue malade... Heureusement que j'ai mon psy et ma bonne amie Isabelle. Je m'en veux d'avoir eu peur que Massimo tombe amoureux d'elle, mais c'est le cas Jobin qui m'avait fait devenir paranoïaque, moi qui connaissais déjà les affres de la jalousie. J'avais tellement l'impression quelquefois que le monde était petit, que mon milieu était petit et que tout le monde jouait dans les mêmes plates-bandes...

Quoi qu'il en soit, pour ce qui est d'Isabelle, elle a une telle faculté de bonheur dans les petites choses, c'est presque indécent... mais cela me fait grand bien! Avec elle, je me sens redevenir une ado!

Quelquefois, je rencontre Vincenze ou Benjamin mais, bien sûr, ils ne seront jamais mes amants. Et je revois Jobin à l'occasion. Heureusement, je sais désormais, cher journal, que j'irai rejoindre Massimo plus vite que je ne le crois. Pas comme je l'aurais souhaité, mais ce n'est pas grave. Je ne peux te dire pourquoi, cher journal, car je dois demeurer sibylline au cas où quelqu'un mettrait le nez dans mon journal. Je peux te dire, cependant, que s'il m'arrivait quoi que ce soit, François Jobin m'a promis de prendre mes chats qui s'entendent d'ailleurs très bien avec les siens depuis toujours! Sur ce plan-là, François a toujours été très correct... Oh! le temps file, je dois te quitter, le récamier m'attend!

Le 23 décembre 1994

Cher journal, se promener dans les magasins du centre-ville ces jours-ci: l'enfer! Voilà! Si j'avais à trouver un nom à une boutique dans ce souterrain qu'est Montréal l'hiver, je l'appellerais l'ENFER. La publicité ressemblerait à ceci: «Venez à l'ENFER où il y a plein de petits diables qui traînent leur queue ici et là sur le joli tapis noir. Venez, nous joindrons au paquet fumant que vous emporterez notre carte d'ENFER. Mais ne vous leurrez pas, vos paquets ne fumeront que dans la boutique, car l'air du dehors les assainira, hélas...»

Je déconne parce que j'essaie d'oublier, de faire comme si mon grand amour de naguère était une jambe qu'on m'eût ôtée... On peut vivre avec une seule jambe, on peut mourir d'amour.

Éclats de vitres, éclats de voix, voix des sirènes. Ta main droite sur ma cuisse. Ta cage thoracique enfoncée. Ton beau sang clair partout. Voilà comment ton amas de cellules unique sur cette planète fut anéanti. Voilà comment mon cœur le fut aussi. Je t'en veux d'autant plus que ma carcasse à moi tient bon grâce aux soins reçus et malgré la corrosion du dedans. Lorsque je suis revenue avec toute ma tête en ce monde, il ne restait de toi, DE TA CHALEUR IRREMPLAÇABLE, qu'une plaque luisante et quelques fleurs. C'est inacceptable, C'EST IRRÉVERSIBLE.

Voilà ce que j'ai écrit quand je t'ai connu:

«Qu'y a-t-il de plus beau qu'une main nue? N'est-elle pas touchante? Une main m'attendrit toujours, ne fût-ce que parce qu'elle est diaphane ou meurtrie ou tannée par le grand soleil. La main dans le geste est si révélatrice qu'on peut y lire dans l'âme de l'être la possédant... Quelle richesse que cette main sachant qu'elle peut prodiguer caresses ou gifles, tendresse ou colère. Car le sentiment s'y découvre à chacun de ses mouvements et les veines bleutées qui la parcourent me font songer à d'innombrables ruisseaux qui se gonflent ou s'apaisent au gré de la force du torrent de l'esprit qui les domine. Comme le corps humain serait incomplet sans elle!»

Je te le redis, ce poème candide, mes lèvres sur les tiennes.

Le 6 mars 1995

Il fait beau aujourd'hui, avril est frisquet mais on sent la vie prête à exploser et à sortir de terre. Quelquefois, je m'imagine que je suis Isadora Duncan. Je fais le tour de la planète en dansant et ne m'arrête qu'à Nice en 1927. Je m'élance et tourbillonne en m'imaginant qu'Isadora active ma mécanique et m'insuffle sa grâce. PLUS VITE, TOUJOURS PLUS VITE SUR CETTE VALSE DE CHOPIN. J'essaie de sentir le mouvement à partir de mon plexus solaire, comme elle l'enseignait. Mais tout ce que je sens, c'est le vent qui s'infiltre par la porte qui s'ouvre lentement...

MON DIEU, JE NE L'AI DONC PAS VER-ROUILLÉE?

Chapitre 10

Richard réfléchit longuement à ces écrits empreints d'un certain désespoir et aussi de l'enthousiasme le plus pur. Un peu comme elle semblait nier certains aspects du siècle présent, Dora donnait l'impression de refuser de croire que le sexe pouvait exister sans l'amour. Richard se disait qu'elle n'avait probablement pas été une puritaine mais qu'elle avait été, tout au long de sa courte vie, inlassablement, à la recherche de l'amour absolu! N'empêche que son psychanalyste avait quand même eu du pain sur la planche... *Pauvre Dora!*

Il était touché d'avoir sous les yeux un écrit de Dora McLeod dont la date était celle du soir du meurtre. Il trouvait encore curieux qu'au lieu de l'enfouir dans sa commode, par exemple, Dora ait jeté son journal par la fenêtre. Savait-elle ce qui l'attendait? Craignait-elle que le meurtrier mette ses affaires sens dessus dessous? Elle avait sans doute toujours peur que quelqu'un mette la main sur son journal. Celui-ci était maigre, c'était vrai, mais il éclairait quand même quelque peu le visage de la célèbre écrivaine. Il avait noté tous les prénoms et les initiales y apparaissant. Seuls ceux de Roberto et de Benjamin ne faisaient pas partie de sa propre liste. Il souligna celui de Benjamin de deux traits. Puis il prit la chemise portant le titre «Correspondance».

Montréal, le 15 septembre 1993

Chère Isabelle,

Je dois te faire part de quelque chose d'important. Cela m'est arrivé il y a environ deux heures et je ne peux me l'expliquer. Je me rendais d'un bon pas à ma séance de thérapie hebdomadaire, en regardant les magnifiques arbres qui bordent cette rue aux maisons anciennes que tu trouves si jolie. Puis, j'ai entendu des notes, tu sais les notes distinctes et en même temps entremêlées de cette étude de Chopin que j'aime tant et dont je ne peux m'empêcher d'écouter l'enregistrement au moins dix fois de suite quand je suis bien tranquille à la maison. Je ne peux te décrire ce que j'ai ressenti à ce moment-là, mais j'ai cru que j'allais mourir. Vois-tu, le ciel, le frémissement des feuilles, le fond de l'air si doux, ça m'a sciée en deux. Puis, de la fenêtre ouverte d'où provenait cette musique magnifique, j'ai aperçu une nuque au-dessus de laquelle de beaux reflets aile-de-corbeau, sinueux comme autant de vagues, s'épanouissaient. Cette image, je l'ai reçue en plein cœur, comme une décharge de plombs. Comment peut-on savoir que l'on n'a jamais aimé avant d'avoir aperçu une nuque de la rue, je l'ignore. Mais c'est ainsi et je sais tout, sans les avoir jamais vus, du visage et du corps liés à cette nuque qui est elle-même à jamais liée, que je le souhaite ou non, à ma vie. Voilà. Ensuite, je me suis traînée comme une épave jusqu'au divan de mon psy. Je ne pus rien lui dire, rien lui expliquer. Deux grosses larmes roulèrent sur mes joues soudain brûlantes. Je sus qu'une partie de moi était morte.

Pour ce qui est de la thérapie même, j'ai l'impression de tourner en rond. Quelquefois, je bluffe pour le mettre à l'essai, pour voir s'il me perçoit bien. Mais il me semble qu'il gobe toutes mes salades. Peut-être qu'en fait il ajuste sa stratégie car, je ne peux le nier, je l'ai choisi parmi les autres à cause de son air intelligent et plein d'empathie. En fait, le problème est que je ne ME sens pas revivre les événements passés qui resurgissent comme des choses sans vie. Je les observe de l'extérieur. Je ne sais même plus s'ils font partie de mon enfance réelle ou d'une enfance créée de toutes pièces. Serge Doubrovsky, dans son roman *Le livre brisé*, a très bien exprimé cela. (C'est un livre magnifique, poignant, tu devrais le lire.) Peut-être un cours d'art dramatique conviendrait-il mieux pour exorciser mes angoisses?

J'espère te voir bientôt. Je ne sais plus où j'en suis.

Amitiés, Dora

* * *

Le 16 novembre 1993

Chère Isabelle,

Tu te souviens de la dernière lettre que je t'ai écrite? Cette peur que j'avais au ventre à la suite de la vision de cette nuque magnifique... un Adonis! Je ne m'étais pas trompée. À ma visite suivante chez mon psy (j'étais sur le point d'abandonner la thérapie, mais cette vision enchanteresse m'a incitée à poursuivre à cause de sa proximité avec le lieu des révélations sur le divan), il sortait de son appartement. Crois-le ou non: coup de foudre réciproque. Je l'ai frôlé exprès, ce qui m'a fait échapper mon sac à main, il s'est baissé, l'a ramassé et... tout a commencé. C'est un Italien, pouvais-tu en douter? Je t'écris présentement d'une chambre d'hôtel. Nous sommes à Cuba. Je l'aime, je l'aime, tout ce que j'ai attendu d'un homme est en lui. Nous faisons l'amour comme des dieux, nous aimons la même musique. Tout à l'heure, nous sommes allés prendre un daïquiri à la banane à une terrasse rendue célèbre par Hemingway, d'après le propriétaire. Ma chère, siroter un daïquiri en se regardant fixement dans les yeux... Ça vaut bien les îles grecques de F.J.! Au fait, ce dernier me demande constamment de tes nouvelles dans les cartes postales qu'il m'envoie. Tu ne réponds donc pas à celles qu'il t'envoie?

Massimo me dit en riant qu'on mourra en faisant l'amour. Tu imagines le tableau: ne pouvant nous séparer, les gens des pompes funèbres seraient obligés de nous mettre en terre dans le même cercueil, ou plutôt de nous brûler ensemble et de nous mettre dans la même urne... On serait comme ces amants de Pompéi serrés l'un contre l'autre et ensevelis sous la lave... Ah! la mort des amants...

Usant à l'envi leurs chaleurs dernières
Nos deux cœurs seront deux vastes flambeaux
Qui réfléchiront leurs doubles lumières
Dans nos deux esprits, ces miroirs jumeaux.

Je te laisse méditer sur ces vers sublimes. Crois en mon amitié,

Dora

* * *

Le 1er décembre 1994

Chère Dora,

Je ne connais pas la date de ton retour de voyage, peut-être es-tu déjà revenue? Je suis tellement heureuse pour toi, tu sais, cet amour est très inspirant. Et moi aussi, j'aime beaucoup ce poème de Baudelaire. J'ai bien hâte de te voir, quand tu auras une seconde pour souffler; j'ai fait beaucoup d'heures supplémentaires ces derniers temps, et il faut que j'aille à Montréal bientôt pour faire le plein dans les épiceries italiennes du boulevard Saint-Laurent! Et me balader dans le quartier chinois. Je préfère, comme d'habitude, y aller pendant les jours de semaine. Tu sais combien j'ai de courses à faire lorsque je m'y rends! J'aimerais bien qu'on passe un après-midi à magasiner et à flâner dans les cafés, ce serait comme lorsque l'on faisait l'école buissonnière... c'est déjà si loin! Si tu le veux bien, j'amènerai Isadora avec moi.

Pour ce qui est de François Jobin, je n'ai pas vraiment eu le temps de répondre à ses cartes. Et il me semble que c'est davantage ton ami que le mien... Quoi qu'il en soit, il y a autre chose dont je voudrais te parler. Benjamin est venu faire un tour à Sherbrooke, chez moi, entre autres, car il m'a confié avoir plein de gens à voir et, entre nous, je

me demande bien qui... Il m'a dit qu'il avait em-
prunté la voiture de son père. Ça c'est bien lui... Ça
lui est bien égal que pendant ce temps son père
n'ait pas sa voiture... Il a même ajouté que son vieux
pouvait toujours en louer une, mais il ne lui viendrait jamais à l'esprit d'en louer une lui-même! Ou
peut-être lui fait-il trimballer son vieux dos dans sa
propre guimbarde... mais il me semble qu'il l'a ven-
due il y a un bout de temps, non? Et tu te doutes que
son père la lui prête avec le réservoir plein d'essence
et qu'il la lui remet avec le réservoir à moitié vide...
Quand il la lui redonne, il lui fait ses observations
sur son état, lui donne des consignes quant aux
pièces à changer, etc. Je te jure, c'est lui-même qui
me l'a raconté sans la moindre vergogne... Ça
m'étonne même qu'il dépense de l'argent pour
nourrir ce singe qu'il a reçu en héritage de sa tante...
Excuse-moi si l'indignation m'emporte...

Pour en revenir à nos moutons, je ne peux pas
t'expliquer mon sentiment, mais je n'ai qu'une
chose à te dire: SOIS SUR TES GARDES AVEC LUI.
Il m'a dit des choses bizarres à ton sujet ou plutôt à
propos de ce qu'il imagine à ton sujet. Tu sais combien il a toujours été amoureux de toi! Quand je lui
ai parlé de ton histoire avec l'Adonis, il avait un
drôle de regard, il me fait froid dans le dos mais je
ne peux t'expliquer pourquoi. Je t'en parlerai
lorsqu'on se verra. Essaie quand même de ne pas le
voir trop souvent, il me semble qu'il ne peut
t'apporter rien de bon. Je sais bien que tu l'as toujours supporté par pitié mais je t'en prie, n'oublie
pas que TU NE LUI DOIS RIEN! Vis ta vie, aime et
sois aimée, tu le mérites bien!

Affectueusement, Isabelle

* * *

Le 8 décembre 1993

Chère Isabelle,

Comme ta lettre m'a fait chaud au cœur. Dis-moi quand tu prévois venir à Montréal, c'est avec plaisir que je te consacrerai une journée pour une razzia en règle. D'ailleurs, je dois aussi faire le plein de bonne bouffe, de café, de lingerie... J'ai bien hâte. Tu me demandes si tu peux amener Isadora? Quelle question! Tu penses bien que j'y comptais plus que tout! Oui. Oui. Oui. Amène-la-moi.

Comme tu le sais, je préfère, moi aussi, magasiner les jours où il y a le moins d'achalandage. Massimo, mon Adonis, enseigne la musique au Conservatoire. Nous pourrions commencer par un bol de café au lait comme tu l'aimes et des croissants, faire ensuite quelques courses et puis dîner en sa compagnie. Il y a plusieurs très bons restos près du Conservatoire. Ensuite, il s'en irait à ses cours et nous à nos courses! Comme tu le sais, à la période où tu nous rendras visite se tiendra le Salon des métiers d'art. Tu pourras compléter ta collection de chapeaux, la chapelière que tu aimes bien y est encore présente, j'ai vérifié. Et le soir, nous pourrions aller patiner à l'amphithéâtre Bell, je porte encore mes guêtres de velours brun et ma grande cape de feutre noir pour patiner. Ça te rappellera de bons souvenirs! Isadora est une excellente patineuse, d'après ce que tu m'as dit, n'est-ce pas? Et si tu décides de rester quelques jours, ce qui me ferait très plaisir, nous pourrions aller voir des expositions, visiter quelques musées. Il y a, entre autres, une exposition de photos intitulée *La morgue* que j'aimerais aller voir. Puis, il y a une rétrospective des films d'Elia Kazan à la cinémathèque. Qu'en dis-tu? Mais bien sûr, plus que tout, j'ai hâte de te voir et d'entendre les derniers potins. Vous vous installerez évidemment toutes les deux chez nous, il y a un canapé-lit très confortable et une couette bien chaude qui vous y attendent. Je suis à la nouvelle adresse indiquée sur ma dernière lettre (l'appartement de Massimo près du psy). Elle est aussi indiquée, bien sûr, sur le coin gauche de l'enveloppe. Comme tu le sais, mes horaires sont très flexibles puisque écrire se pratique aussi bien le matin qu'à minuit, etc.

Pour ce qui est de Benjamin, ne t'en fais pas, je le connais bien. Jamais je ne lui ai donné le moindre espoir en ce qui me concerne et je crois qu'il ne se fait aucune illusion à ce sujet. Il est vrai qu'il me fait un peu pitié, et ça depuis toujours. Je t'accorde qu'il a une mentalité légèrement «prussienne»... Tu savais qu'il était un grand admirateur d'Adolf Hitler? Je sais que cela est plutôt inquiétant. Par ailleurs, il me rend tout plein de menus services. Par exemple, l'autre jour j'étais très pressée, alors il est allé, uniquement pour me rendre service, faire tailler des exemplaires en double des différentes clés de Massimo et des miennes. J'avais toujours omis de m'occuper de ça auparavant. Massimo me laissait sa propre clé avant d'aller travailler. Ce n'était pas très pratique... J'ai été incorrigiblement négligente pour ces choses. Inutile de te dire qu'il est bon que j'aie toutes les clés de Massimo et lui les miennes. Mais j'ai dû rencontrer Benjamin dans un café pour qu'il me les remette, car il dit qu'il n'est pas prêt psychologiquement à rencontrer Massimo. Peut-être après tout s'attendait-il à ce que je vive seule le reste de mes jours! Va, il s'y fera. De toute façon, je m'abstiendrai dorénavant de plus en plus de le voir, d'autant plus qu'il n'est pas intéressé à connaître Massimo... Sur ce, je me sauve, mon ordinateur m'attend. Je t'embrasse.

À très bientôt, Dora

* * *

Pendant que Drapeau prenait connaissance de ces documents, son confrère Poirier avait reçu le mandat de suivre discrètement Jobin. Celui-ci se rendait à Montréal. Poirier voulait avant tout savoir si Jobin avait bluffé en se prétendant homosexuel, compte tenu de ce dont Drapeau avait été témoin dans cette église de Magog. S'il mentait sur ce point, il y avait lieu de se demander pour quelle raison et alors, pourquoi n'aurait-il pas menti à propos des autres choses?

Jobin semblait savoir exactement où il se rendait et ne perdait pas de temps. Achat de disques, puis quartier chinois où il semblait avoir rendez-vous avec deux hommes, visiblement un couple. Poirier, en catimini, demanda une table cachée d'eux par une énorme plante, mais suffisamment proche pour qu'il puisse entendre de quoi les bons-hommes causaient. Il était question d'un achat de maison. Puis, un des deux hommes passa discrètement quelque chose de très petit dans la main de Jobin. Celui-ci lui remit de l'argent. Poirier se foutait pas mal que Jobin s'achète de la drogue, il n'était pas là au nom de la brigade des stups.

Les trois hommes se mirent ensuite à parler de choses plus personnelles, d'un air entendu. Ils devaient se connaître de longue date. Mais Poirier ne savait toujours pas si Jobin était gay. Ses amis l'étaient sans aucun doute. Puis Jobin les quitta en leur donnant l'accolade. Ils restèrent et commandèrent d'autre thé. À ce moment précis, Poirier, changeant de tactique, les aborda tout de go. Il se présenta et leur montra son badge. Il leur dit qu'il enquêtait sur l'affaire Dora McLeod et avait vu Jobin par hasard dans ce restaurant. Peut-être pourraient-ils satisfaire sa curiosité sur un point: leur ami François Jobin était-il homosexuel? Les deux hommes le regardèrent avec des yeux en points d'interrogation. *François Jobin nous aurait caché son homosexualité?*

Évidemment, les deux gars auraient pu se scandaliser et demander ce que cela changeait aux faits reliés à une enquête criminelle, parler de discrimination liée à l'orientation sexuelle, etc. C'était un risque que Poirier était prêt à courir. Mais ils s'esclaffèrent d'une façon si spontanée que cela aurait difficilement pu émaner d'une quelconque stratégie.

— Vous savez, lui confia l'un des deux hommes, j'aurais bien aimé qu'il le soit... acheva-t-il avec un sourire en coin.

— Est-ce que vous verriez d'un mauvais œil que je prenne place à votre table?

— Mais faites donc...

Poirier se joignit aux deux hommes. Il apprit, entre autres, que Carl Mongeau et Sébastien Duval étaient des copains de longue date de Jobin, qu'ils avaient connu par l'entremise d'une jeune fille nommée Sabine Martin, qui habitait la même tour d'habitation qu'eux. Sabine étudiait la sociologie. Elle payait ses cours en faisant des ménages et des travaux domestiques en tous genres. Pendant quelque temps, elle avait été une employée de maison à temps partiel chez François Jobin.

— François Jobin, qui a toujours vécu seul, avait les moyens de payer une domestique même lorsqu'il était étudiant?

— N'oubliez pas que la maison ne lui coûte rien. Il l'a reçue en héritage, en même temps qu'une assez bonne somme d'argent. Il n'a donc que les coûts d'un entretien minimal à prévoir, puisque la maison est en parfaite condition, ainsi que les diverses taxes. Et il préférait payer quelqu'un pour faire les besognes domestiques et sortir moins. D'autant plus qu'avec la Sabine...

— Que voulez-vous dire par *avec la Sabine*?

— Rien du tout...

C'est à Carl Mongeau que Marcel Poirier s'adressait.

— Vous avez commencé quelque chose de très intéressant, je vous en prie, poursuivez.

— Vous ne raconterez pas à François ce que je vais vous dire?

— C'est une promesse.

— De toute façon, cela ne peut pas lui nuire puisqu'il n'a rien fait de mal... Alors voici... Nous avons toujours été, Sébastien et moi, les confidents de Sabine. Or nous savons qu'elle a eu une aventure avec François Jobin. Elle était beaucoup plus amoureuse de lui que lui d'elle... Elle est devenue enceinte.

Mongeau fit une pause et reprit pendant que Poirier se contentait d'acquiescer en hochant la tête.

— Elle s'est fait avorter car elle s'est bien rendu compte qu'il ne l'aimait pas, malgré le fait qu'il voulait qu'elle ait cet enfant.

— Il voulait qu'elle rende l'enfant à terme?

— Oui, car il avait la hantise des avortements. Il y a pas mal longtemps, une de ses tantes est morte le jour de ses dix-huit ans, des suites d'un avortement mal pratiqué. C'était au temps où les avortements étaient faits dans la clandestinité absolue et dans des conditions hygiéniques souvent déplorables.

— Mais alors, comment a-t-elle deviné qu'il ne l'aimait pas?

— Elle a su par un copain qu'il la trompait à gauche et à droite. Vous savez, elle ne dormait jamais chez lui... Ils copulaient exclusivement les jours où elle se rendait chez lui faire le ménage... et le reste.

— Et vous avez continué à être copains avec lui?

— Vous savez, nous ne sommes pas là pour juger sa manière de mener sa vie sexuelle. Mais je crois bien que Sabine nous en a un peu voulu pour ça. Elle ne s'est plus vraiment confiée à nous depuis qu'elle sait que nous avons continué à le voir après leur rupture.

Quoi qu'il en soit, ce n'est pas irréparable. Un jour, cela redeviendra comme avant entre nous, j'en suis certain.

— Je pourrais interroger cette Sabine?

— Vous n'avez qu'à nous suivre. Après avoir payé l'addition, nous nous rendons chez nous et comme je vous l'ai déjà mentionné, elle habite le même immeuble que nous.

— Je vous remercie beaucoup. Faites-moi plaisir en me laissant payer votre addition. Vous savez, cela ira sur ma note de frais pour l'enquête...

— Merci beaucoup.

— Au fait, connaissiez-vous Dora McLeod?

— Malheureusement, nous n'avons jamais eu le plaisir de lui être présentés.

Poirier se remémora une phrase de l'une des cartes postales envoyées par Jobin: *La Sabinette a tiré la chasse.* Avec ce qu'il venait d'apprendre, cette phrase énigmatique devenait soudain claire comme l'eau du ruisseau. Et malgré la soi-disant opposition de Jobin à l'avortement, cette phrase évoquait davantage, selon lui, le soulagement que la peine.

* * *

L'appartement de Sabine Martin était minuscule, mais l'utilisation judicieuse de miroirs et de paravents le faisait paraître beaucoup plus vaste qu'il ne l'était en réalité. Peut-être qu'après avoir fait des ménages toute la journée, elle appréciait se retrouver dans un endroit nécessitant un entretien minimal.

Sabine avait du chien. Elle avait un grain de beauté près de l'extrémité droite de sa lèvre supérieure. En la voyant, Poirier se dit qu'on l'imaginait davantage posant pour un magazine de mode qu'en train de récurer la cuvette des cabinets. Après avoir fait les présentations d'usage, Poirier fonça.

— Est-ce que François Jobin est un bon ami à vous?

En réponse à cette question simple, Sabine lui fit part des multiples griefs qu'elle avait accumulés contre François Jobin. Si elle avait déjà été amoureuse de lui, elle semblait désormais avoir fait table rase de tout sentiment de cet ordre à son égard. Poirier écouta patiemment.

— Quel est le nom du copain qui vous a mis au courant des frasques de François Jobin?

— Benjamin... mais j'ignore son nom de famille. En fait, ce n'est pas vraiment un copain, mais il arrivait que nous travaillions les mêmes jours chez François. Alors, lorsque nous avions terminé notre journée, nous faisions le chemin du retour ensemble.

— Mais que vous a-t-il appris exactement?

— Bien, d'une part, qu'il voyait assez souvent cette Dora, l'écrivaine qui est morte. Et d'autre part, sa copine, une rouquine, semble-t-il. Benjamin m'apprenait ces faits tout innocemment puisqu'il ne connaissait pas mes relations avec Jobin.

— Quelquefois, les gens savent beaucoup plus de choses qu'on ne le croit... Que faisait-il lui, comme travaux, à la maison de François Jobin?

— Il sarclait son jardin, râtelait le terrain, faisait de menues réparations. Il lui avait été présenté par Dora.

— Vraiment?

Après s'être assuré de nouveau qu'elle n'avait pas les coordonnées de ce Benjamin et avoir écouté tout ce qu'elle avait à dire, Poirier fut satisfait et quitta les lieux. Il était certain que son supérieur le serait aussi à la lecture de son rapport.

Chapitre 11

Benjamin... Il se demandait pourquoi jamais ce nom n'était sorti de la bouche de qui que ce soit dans l'enquête en cours. Richard Drapeau avait l'intention de joindre Isabelle Laurent pour la questionner au sujet de ce Benjamin. Elle lui avait parlé de sa peur de Jobin, mais on aurait dit qu'elle avait délibérément omis de lui parler de ce Benjamin comme si elle voulait qu'il déduise par lui-même la place qu'occupait cet homme dans cette affaire. Ou peut-être l'avait-elle fait exprès pour qu'il communique avec elle à ce sujet. Peut-être son sentiment était-il partagé... Drapeau se laissa aller à rêver... Non, tout simplement, elle avait décidé, imprudemment, de mener sa propre enquête, il l'aurait parié!

Mais quel excellent prétexte pour entendre à nouveau la voix de la belle rousse! Au moment où il s'apprêtait à composer son numéro à Sherbrooke, puisque aucun autre numéro ne lui avait encore été communiqué, le téléphone sonna.

— Bonjour, j'aimerais parler au commissaire Drapeau.

— Lui-même.

— Bonjour, ici Bruno Morel.

— Bonjour, que me vaut votre appel?

— Eh bien, c'est pour vous faire part d'un fait. Comme vous le savez, je fais de la sculpture, mais je touche aussi au dessin et à toutes sortes d'autres disciplines artistiques.

— Je vous écoute.

— Eh bien voilà, j'avais prêté déjà un de mes nombreux couteaux d'artiste à Dora et j'avais oublié ce fait. Puis, j'ai lu dans les journaux que vous aviez trouvé un couteau sous une latte du cabanon... J'aimerais le voir pour vous dire si c'est le mien.

— Vous pourrez venir vérifier au poste. Cela nous éclairerait quant à savoir s'il était à Dora ou au meurtrier. Par contre, si vous pensiez le récupérer, sachez que c'est une pièce à conviction, alors je regrette mais c'est impossible...

— Bien sûr, c'était seulement pour vous éclairer au sujet du propriétaire du couteau.

— Néanmoins, il y a deux types de sang sur ce couteau et nous devrons comparer le sang des suspects au deuxième type de sang trouvé sur le couteau, le premier correspondant, bien sûr, à celui de Dora McLeod. Nous aurons donc besoin de votre autorisation, ainsi que de celle des autres suspects, pour faire analyser votre sang et peut-être effectuer des tests d'ADN.

— J'ignorais que j'étais un suspect... mais je vous accorde mon autorisation.

— Je vous en remercie.

— Il n'y a pas de quoi.

* * *

Richard Drapeau, après s'être redemandé ce qui avait bien pu décider le tueur à cacher le couteau à cet endroit car c'était foutrement risqué, tenta de joindre Isabelle Laurent et n'y parvint pas. Puis il se souvint, grâce à son agenda bien en vue sur son bureau, qu'une émission d'une heure était consacrée, à la radio, à Dora McLeod. Il ouvrit le poste et tourna le bouton jusqu'à ce qu'il atteigne la station voulue. Cinq minutes plus tard, l'émission commençait. Il écoutait avec attention lorsqu'on diffusa, à sa grande stupéfaction, des extraits d'une entrevue accordée par Isabelle Laurent. Celle-ci, comme il le craignait, avait procédé à sa propre enquête. Il avait espéré la rencontrer après la lecture du journal et des lettres, mais elle ne lui avait donné aucun signe de vie et il la croyait donc toujours à Sherbrooke. Pourtant, ses récentes tentatives pour la joindre avaient été vaines. Elle n'était ni à son travail où il l'avait appelée pendant la journée, ni chez elle. Et personne ne pouvait le renseigner à ce sujet. Mais puisque aucun message de la société du téléphone ne disait *il n'y a plus de service au numéro que vous avez composé*, il se répétait qu'elle n'avait sûrement pas emménagé ailleurs sans faire les changements appropriés quant au téléphone! Il comptait l'interroger plus à fond à propos de ce Benjamin. Il avait fait des recherches entre-temps et avait ainsi appris qu'un certain Benjamin Paré avait été dans la même classe que Dora et Isabelle, et il avait bien l'intention de suivre cette piste avec ses collaborateurs.

— Madame Laurent, vous avez accepté avec empressement de venir nous parler de l'écrivaine bien connue Dora McLeod, morte tragiquement. Pourquoi?

— Je veux faire connaître davantage à vos auditeurs et auditrices cette personnalité exceptionnelle. Je l'ai très bien connue, il va sans dire, et je me dis que, même si je n'ai aucune donnée factuelle concernant le meurtre lui-même à vous dévoiler, cet éclairage nouveau pour la plupart des gens permettra de connaître un peu mieux l'écrivaine et peut-être par le fait même, qui sait, son tueur. Car une certaine dynamique s'instaure, je crois, entre le meurtrier et sa victime. C'est-à-dire que la personnalité de celle-ci peut être le fil conducteur menant vers celui-là.

— Et pourquoi en parler ici plutôt qu'à la police?

— J'ai bien sûr répondu aux questions de la police. Mais les policiers ne sont intéressés qu'à connaître certains types de faits et, pour ma part, il me semble que pour percer un mystère, il faut connaître davantage que ce qui en ressort de façon claire et évidente... J'ai d'ailleurs, en quelque sorte, entrepris ma propre enquête. Puis, je me suis dit que j'aurais la latitude nécessaire, suivant ce point de vue, à votre émission. Mais peut-être ai-je trop lu de romans policiers?

— Je conçois très bien votre point de vue...
Ainsi, vous étiez une amie d'enfance de Dora,
pouvez-vous nous dévoiler quelques traits de son
caractère?

— Elle possédait une personnalité difficile à
saisir pour quiconque ne la connaissait pas intimement, car elle était un peu comme une huître, vous
savez. Elle se fermait à beaucoup de gens... Toutefois, quand son instinct le lui dictait, elle pouvait
s'ouvrir tout à coup très rapidement comme une
fleur, à un parfait inconnu. On pourrait lui accoler
cette citation du personnage bien connu Blanche
Dubois: *Qui que vous soyez... J'ai toujours été à la
merci d'inconnus.* C'est ce qui est arrivé avec
Massimo, son grand amour. Autant elle pouvait être
méfiante avec quantité de gens, autant elle se présenta à lui les bras ouverts. Je puis vous dire que son
instinct ne l'avait pas trompée en ce qui concerne
Massimo. Je les ai vus ensemble à maintes reprises
et on aurait dit qu'ils avaient, si je puis m'exprimer
ainsi, une respiration commune, comme deux jumeaux siamois. C'était un de ces couples touchés
par la grâce. Ils avaient l'air d'anges. J'ai même été
surprise qu'elle puisse lui survivre...

— Vous faites allusion à ce terrible accident au
cours duquel il est mort?

— Oui, comme vous le savez sans doute, les
journaux en ayant abondamment fait état, elle était
dans la voiture à son côté quand il est mort. Ils
étaient en route vers le Vermont. Et je crois que
même si elle a perdu connaissance, elle a eu le
temps de se rendre compte de ce fait terrible. Quant
à elle, elle a eu droit à de bons soins, entre autres en

physiothérapie pendant quelques mois, mais aucune séquelle majeure ne l'a affectée par la suite, sauf sur le plan psychologique...

— Vous m'avez dit avant l'émission que, lorsqu'elle avait confiance en quelqu'un, sa porte lui était toujours ouverte. Sur quel plan était-elle donc méfiante et comment se fait-il que, le soir du meurtre, la porte n'ait pas été forcée?

— Si elle n'accordait pas immédiatement sa confiance à quelqu'un par une sorte d'intuition ou plus probablement par instinct, jamais cette personne, malgré tous les efforts qu'elle eût pu faire, n'aurait pu se tracer un chemin jusqu'au cœur de Dora. Elle disait souvent qu'elle possédait une sorte de radar et cela lui faisait peur, car elle avait l'impression de pouvoir lire au travers des gens. Je dois avouer que les événements lui ont souvent donné raison. Cependant...

— Cependant?

— Je me dis qu'il y a peut-être eu des failles à ce don exceptionnel lorsque, par exemple, elle était trop jeune pour l'exercer...

— Vous voulez dire qu'elle pourrait avoir connu quelqu'un dans l'enfance, comme vous, dont elle n'aurait pas décelé l'esprit malin lorsqu'elle était toute petite? Puis, cette erreur de jugement étant en quelque sorte là par défaut, Dora n'aurait pas, dans ce cas bien précis, mis à jour ce que son esprit avait programmé, si je puis dire, à l'époque?

— Voilà, c'est exactement ce que je veux dire.

— Mais, vous dites vous-même qu'elle a un cercle d'amis assez restreint. Auriez-vous des soupçons bien précis, Madame Laurent?

— Euh... Je préfère m'abstenir de répondre de façon précise à cette question puisque je n'ai pas encore fait part de mes soupçons à la police. Et je ne l'ai pas fait parce que j'en suis encore à une période de réflexion à ce sujet. Ceci dit, mon enquête avance et je suis à la veille de pouvoir leur apporter d'autres précisions. Vous comprendrez que, n'ayant pas de preuves, j'hésite à citer quelqu'un que la police pourrait se mettre à harceler alors que je ne suis certaine de rien. Mais disons que j'essaie de recoller les morceaux du puzzle, avec toute la connaissance que j'ai de Dora et grâce à la profonde affection que je lui vouais. Je suis convaincue qu'ELLE M'Y AIDERA.

Par ailleurs, si vous le permettez, j'aimerais vous raconter une anecdote au sujet de Dora. La première fois qu'elle rencontra un éditeur avec ses manuscrits plein la mallette, elle demanda à celui-ci, en le regardant droit dans les yeux, de faire abstraction de son apparence physique. Le pauvre homme fut, bien sûr, décontenancé. Mais elle craignait par-dessus tout, parce que cela lui était arrivé plusieurs fois, de n'être prise en considération que grâce à ses atouts physiques. Et elle ne voulait pas envoyer ses manuscrits par la poste, ce qui aurait été la manière la plus neutre, parce qu'elle voulait s'assurer de les donner elle-même à la bonne personne. Peut-être y avait-il dans cette attitude quelques relents de féminisme dur mais, en fait, elle disait souvent qu'elle aurait fait n'importe quoi pour échanger son physique contre une parcelle de génie. En fait, à mon sens, elle possédait un physique plus qu'attrayant, et faisait preuve de génie. Ces deux qualités ne sont pas incompatibles. Mais, comme en beaucoup de choses, Dora se fiait beaucoup trop aux autres, elle n'avait aucune réelle perception d'elle-même. Elle ne se trouvait pas particulièrement jolie, mais elle se faisait dire le contraire par beaucoup de personnes; elle ne se trouvait pas particulièrement brillante, mais les critiques dithyrambiques qui ont suivi la publication de ses livres lui ont donné plus confiance en elle. Elle ne se voyait que dans le regard des autres. Ceci dit, pour en revenir à la rencontre avec son premier éditeur, imaginez-vous qu'elle lui confia, entre autres, en le regardant droit dans les yeux, qu'elle avait l'impression de jouer dans une reprise de *My Fair Lady!* Elle lui raconta qu'elle était une boulimique de livres lorsqu'elle était plus jeune, mais qu'elle ne pouvait lire que ceux de la bibliothèque locale, dont elle avait vite fait le tour, puisqu'il n'y avait pas un seul livre à la maison. Elle était impressionnée par cet éditeur qui venait d'une grande famille bourgeoise et donnait l'impression d'être tombé dedans — la culture — quand il était petit alors qu'elle avait dû se construire un milieu culturel *in vitro!* Elle était si fière d'avoir transcendé, si je puis dire, ses origines! De son côté, je crois qu'il fut très impressionné par son bagout, puis par ses manuscrits. Elle faisait découvrir son côté «père» à cet homme qui n'avait jamais eu d'enfants. Et ce qui aurait passé aux yeux de certains pour un paternalisme inacceptable convenait parfaitement à Dora. Même sa femme la prit en affection. On aurait juré que leurs relations étaient plus familiales que professionnelles. Ils furent les meilleurs amis du monde. Mais lorsque Jonathan Levine, ce premier éditeur si cher à son cœur, mourut d'un infarctus non décelé, elle changea de maison d'édition car de purs inconnus avaient pris la relève. Par ailleurs, si heureuse qu'elle ait été de baigner dans ce milieu culturel convoité, elle n'en aimait pas les aspects mondains. Elle était demeurée la petite sauvageonne que j'avais connue à l'école, celle qui préférait toujours la solitude aux manifestations sociales. À ses tout premiers débuts, elle me demanda de l'accompagner à une soirée littéraire organisée par un petit clan d'intellos branchés. Cela me surprit de sa part et j'acceptai de bon cœur. Mais je crois que nous restâmes à peine dix minutes. Lorsque nous arrivâmes, il y avait à l'entrée, devant une fontaine, une grande blonde fadasse en tunique grecque qui tenait deux plateaux, un peu comme le symbole de la justice, vous savez? Dans l'un se trouvait de la coke que les gens pouvaient prendre et mettre dans des petits bols empilés mis à leur disposition, et dans l'autre se trouvaient des coupes de champagne. Elle ne se sentait pas bien dans cette ambiance et trouvait cela décadent et superficiel. Elle observa la scène qui se déroulait devant elle de ses yeux en forme d'amandes — si durs parfois — pendant quelques minutes avant de me lancer: *Ces simulacres n'ont rien à voir avec l'art, partons!* Elle me prit la main et nous nous rendîmes en métro à un petit café intime qu'elle affectionnait particulièrement. Nous jouâmes aux échecs une bonne partie de la soirée. Ce fut son unique essai du côté des salonnards. Vous ne me croirez pas, à moins que ce ne soit de notoriété publique, mais elle n'assistait même pas à ses propres lancements! Et cela, croyez-moi, c'était tout Dora!

Je me rendais souvent à Montréal les fins de semaine et nous allions parfois au concert ensemble. Une fois, Rostropovitch vint à la Place des Arts et nous y allâmes. J'observais souvent des larmes d'émotion rouler sur ses pommettes hautes pendant les concerts. La musique la transfigurait. Une des rares choses qu'elle appréciait de notre ère était d'avoir accès à toutes les variétés de musique: Chopin, Bach, Mozart, mais aussi Billie Holiday, Miles Davis ou encore Stevie Ray Vaughan, Bob Dylan, Leonard Cohen, Édith Piaf, U2 et même le rap, que sais-je! Pour en revenir à ce spectacle que nous étions allées voir ensemble, elle me confia, durant l'entracte, une peur que je trouvai plutôt cocasse.

Je ne l'ai jamais dit à personne, mais sais-tu quelle est ma pire phobie? D'avoir le hoquet pendant un concert. Tu imagines, toute la salle en train de s'emplir de beauté, et moi, qui hoquette, qui suis obligée de sortir de la salle sous les huées, rouge de honte. Elle avait parfois de ces scénarios!

Elle pensait que plusieurs des problèmes des êtres humains étaient liés au fait qu'ils faisaient l'amour n'importe quand et non pas à certaines périodes comme chez les animaux. Je crois qu'elle avait lu cela quelque part. Par exemple, elle me dit: *Tu sais, la période d'accouplement chez plusieurs animaux, ou du moins la ponte de leurs œufs, est régie par les ressources environnantes. Autrement dit, s'il n'y a pas assez de nourriture pour un nombre donné d'animaux d'une espèce, leur instinct met en marche une sorte de régulateur et ils ne pondront pas plus que tant d'œufs. C'est fascinant. Si les êtres humains étaient en mesure de faire cela sans qu'il leur en coûte, il n'y aurait peut-être plus de famine.* La défense des animaux était sa cause personnelle; elle y consacrait beaucoup d'argent et d'énergie.

Elle m'a aussi souvent répété qu'elle avait l'impression d'être une sorte d'imposteur qui usurpait un trône. Cela revenait dans ses conversations à propos de la moindre réussite. Ces doutes auraient paru très étonnants à ceux qui jugeaient de son talent par ses écrits si brillants! Mais elle avait constamment l'impression de ne pas être à sa place. Je me souviens de ce qu'elle m'a confié, dans la jeune vingtaine, lorsqu'elle suivait ses cours de littérature. Nous nous rencontrions alors quelquefois au café d'en face, lorsque j'allais à Montréal: *Tu vois, je suis ici dans cette classe, pendant trois heures, dans cette bulle. Nous nous demandons: «Qu'est-ce que la littérature?» dixit Sartre. Nous pourrions en parler pendant des jours. Pendant ce même laps de temps, il y a des filles qui battent la semelle sur les pavés humides, qui tapinent, qui débouchent un tuyau, que sais-je! Et moi je suis là dans cette bulle à me vautrer dans cette question pourtant absolument essentielle à mes yeux... Dieu que j'aime ça!*

Même si sa vie avait été plus longue, elle ne l'aurait jamais été assez pour répondre à ses appétits...

— Je vous remercie beaucoup, Madame Laurent, de nous avoir fait partager vos précieux souvenirs.

— Le plaisir était pour moi.

* * *

Richard Drapeau se gratta la tête d'un air perplexe à la fin de l'émission et passa en revue mentalement SA liste de noms. *Mais bon Dieu! qui visait-elle? POURQUOI NE M'A-T-ELLE RIEN DIT?*

Soudain, il prit son pardessus à toute volée et sortit en courant dans la rue pour sauter dans sa voiture comme un fou. *Idiot, à quoi pensais-tu, ELLE EST EN DANGER... Vite, vite, l'émission est-elle en direct ou en différé? Merde! En direct, j'en suis certain, vite!*

La sirène à plein volume, le pied enfoncé sur l'accélérateur, Richard Drapeau doublait tout ce qui bougeait. Il appela par radio des policiers patrouillant dans le secteur de la station. En pure perte... Isabelle Laurent gisait déjà avec les poissons dans le fleuve Saint-Laurent, juste en bas du pont Jacques-Cartier, tout près de la station de radio où elle venait d'accorder la première et dernière entrevue de sa courte vie. Elle n'avait que trente ans, le même âge que Dora McLeod et le même que celui du meurtrier.

Chapitre 12

Cette nuit-là, on appela Richard Drapeau tard dans la nuit pour lui apprendre qu'on avait trouvé un corps, près du pont Jacques-Cartier. Il sut immédiatement que c'était Isabelle. Il avait erré de longues minutes avec ses collègues autour de l'immeuble abritant la station de radio. Ils avaient tous passé près de la voiture louée par Isabelle dans le stationnement contigu.

La seule façon qu'il trouva pour apaiser son angoisse cette nuit-là, après l'appel, fut de se saouler au Jack Daniels. Il s'endormit sur le canapé. Tout à coup, il se retrouva en train de danser un tango avec Isabelle. Puis il fut de nouveau dans sa voiture qui roula et roula jusqu'à plonger dans le fleuve glacé. Isabelle Laurent flottait dans les eaux comme la belle Ophélie. Le minuscule diamant était devenu un nénuphar délicatement posé sur sa fine narine. Mais, avant qu'il parvienne à s'approcher d'elle à la nage pour l'attraper, des bulles rouges se formèrent à la surface et une sorte de maelström l'engloutit. Il allait lui aussi vers le maelström lorsqu'il se réveilla en hurlant. *Salaud, j'aurai ta peau!*

Le monde se recomposa devant ses yeux, atome par atome, les fragments de sa vie se recollèrent; il sut, petit à petit, dans quelle pièce il se trouvait, puis dans quelle ville, puis, tragiquement, dans quelle situation. Il savait que, pour la première fois de sa vie, son enquête était un lamentable échec. Était-ce son objectivité qui lui avait fait faux bond parce qu'il était tombé amoureux d'une suspecte? Non, il tenta de se rassurer, de se donner l'absolution. *Ce n'est que la poisse!* se répéta-t-il sans jamais s'en convaincre.

Sa femme, qui dormait dans la pièce adjacente, des boules Quiès dans les oreilles, n'avait rien entendu.

* * *

En s'installant enfin à son bureau le matin suivant, Richard se traitait de tous les noms: *connard, faux jeton, andouille,* tout en décachetant une enveloppe mise sur son bureau et portant la mention «Personnel et confidentiel». Annie lui avait dit qu'un homme était venu la porter peu de temps avant qu'il arrive.

Drapeau se mit à lire, les larmes aux yeux.

Déclaration de Benjamin Paré relativement à l'affaire Dora McLeod

Peut-être trouverez-vous cette déclaration incongrue, mais je l'ai écrite pour vous aider à comprendre la personnalité de Dora McLeod, au même titre qu'Isabelle Laurent — qui croyait la connaître plus que moi — a décidé d'en parler à la radio.

J'espère que cela vous aidera à éclaircir sa mort tragique que j'ai apprise, comme tout le monde, par les journaux. Aucun policier n'est venu m'interroger jusqu'à présent et il me semble que je suis mieux placé que quiconque pour vous aider dans cette enquête.

Certaines personnes pourraient vous parler de Dora la garce, la méprisante, l'égocentrique, et d'autres de Dora la douce, la méconnue. Évidemment c'est selon; selon qu'ils appartiennent à un clan ou à l'autre, à celui des acteurs qui craignaient que son originalité les écrase ou à celui des spectateurs qui ne se lassaient pas d'admirer le spectacle qu'elle offrait par sa seule présence. Dora était le contraire de l'apathie; elle était un volcan constamment en éruption, passionnée et possessive... Elle n'aimait que les rencontres très privées, à deux personnes idéalement, à trois quelquefois, à quatre plus rarement. Elle aimait être l'unique objet de l'attention de son vis-à-vis de même qu'elle n'aimait se consacrer qu'à une personne à la fois. Elle détestait que l'attention de l'AUTRE soit disséminée à droite et à gauche. Elle aimait être l'UNIQUE. Oui, on peut dire sans exagérer que toute la jalousie du monde était emprisonnée dans ce corps de Diane qui, toujours, brûlerait, et dont l'esprit ne connaîtrait jamais la paix. Sauf, bien sûr, dans la mort... Pourtant, elle n'aurait eu que faire de la jalousie puisqu'elle éclipsait toute personne se tenant près d'elle. Cela fait cliché, mais je ne peux la décrire autrement à quiconque ne l'a pas côtoyée. Pour vous donner un exemple de son pouvoir de persuasion, voici quelque chose qui lui est arrivé il y a quelques années. Un malfaiteur l'avait coincée dans un guichet automatique. Elle n'était pas encore connue et tirait le diable par la queue à cette époque. Eh bien, croyez-le ou non, elle a réussi à convaincre le voleur de ne pas lui prendre son argent en invoquant le fait qu'elle serait sans le sou et que cela la placerait dans une situation intenable, etc.: *Je vous en prie, choisissez mieux vos victimes, je suis pauvre, ça vous sera rendu au centuple!* lui glissa-t-elle, entre autres, en évoquant la galanterie du XIXe siècle qui n'avait plus cours. Elle lui tint tête en discourant sur les notions de culpabilité et de fatalité. Elle lui a sûrement parlé de Platon ou d'un autre truc dans le même genre, elle en était bien capable. Finalement, il laissa son gousset tranquille. Elle l'en remercia en lui donnant un billet de dix dollars et en l'invitant à prendre un café! Peut-être était-ce pour se déculpabiliser car elle-même avait des tendances kleptomanes... mais seulement pour de petits objets lui faisant envie dans les magasins. Elle n'aurait jamais organisé un vol de banque!

J'ai connu la brune Dora il y a bien longtemps, sur les bancs trop durs d'une classe trop molle, entendez ici pas assez dynamique pour une élève comme elle. Le temps que nous finissions péniblement nos travaux, elle avait la tête tournée vers la fenêtre, ayant depuis longtemps achevé les siens. On la tenait sur les braises, elle réclamait le brasier. Elle en voulait toujours davantage afin d'épuiser ce cerveau en constante ébullition. Mais on décidait plutôt de la jumeler à un cancre, à moi plus souvent qu'autrement, afin de lui inculquer quelques notions de charité et peut-être même d'alléger la tâche du professeur, qui sait! On voulait, je crois, en faire la petite mère Teresa de l'école. Je l'observais silencieusement. J'étais en adoration devant son profil de battante. De son côté, elle était gentille avec moi, mais sans plus. Je ne suscitais visiblement pas la même ardeur chez elle. Ce qui me consolait, c'est que nul dans cette classe ne pouvait alors prétendre l'intéresser plus qu'un autre. Elle était tout simplement ailleurs... Souvent, quand je passais à côté d'elle, je faisais exprès de la frôler, car j'aimais le contact de sa peau et cela me rassurait sur son existence. AUJOURD'HUI JE SAIS QUE TOUTE SA VIE ÉTAIT CONTENUE DANS LE MOINDRE DE SES GESTES.

Un jour, me sentant plus hardi, je lui demandai à brûle-pourpoint dans la cour de l'école si elle savait ce qu'était l'amour et elle me répondit que c'était le soleil couchant. Elle avait posé cette question à sa mère. Celle-ci l'avait amenée devant la fenêtre du salon et lui avait montré du doigt le soleil sur son déclin, et par le fait même quelque chose d'inaccessible, qui se meurt. Peut-être cela n'avait-il aucune espèce d'importance dans son interprétation des événements de la vie, mais j'en restai coi.

Il était difficile pour moi de voir Dora en dehors de la classe, car elle ne mettait pas le bout de son joli nez dehors. Elle était bien séquestrée. Plus tard, elle poursuivit elle-même cette séquestration si bien amorcée par sa mère. Cela avait développé chez elle la crainte d'être libre. Pendant cette période, son refuge fut la littérature. Petite, disposant de peu de livres intéressants à la bibliothèque du village, elle se gargarisa des biographies de saints martyrs abondamment illustrées de scènes de torture. Plus tard, avec l'argent de poche que lui donnaient ses parents, elle se mit à Shakespeare, puis aux tragédies grecques d'Eschyle, de Sophocle. Ce fut ensuite tout Zola, Flaubert, Sartre, de Beauvoir. Elle avait fait entrer dans cette maison où il n'y avait aucun livre un univers imaginaire d'une grande richesse d'où elle puisait sa raison de vivre. Évidemment, aucun des garçons de son âge, dans son esprit, ne pouvait espérer atteindre ne fût-ce qu'une infinitésimale partie de la grandeur du sombre Othello.

Ne voyant jamais personne, elle n'avait que peu d'idées au sujet de sa valeur personnelle. Chaque contact avec la vie réelle lui était un choc. Lorsqu'elle quitta la maison familiale, elle fit l'apprentissage de la vie que la plupart des autres ados avaient amorcé depuis bien longtemps. Pour cette raison, elle avait souvent plus de difficulté que d'autres personnes du même âge à résoudre de banals ennuis quotidiens, mais son appétit de la vie n'en devint que plus grand. Après maintes mésaventures, elle rencontra l'Apollon qu'elle cherchait depuis toujours. Et elle se mit à être Gervaise, Desdémone, Ophélie, Emma... Et tout fut excessif.

* * *

Il était écrit *à suivre* au bas de la déclaration mais, de toute évidence, l'inspecteur Drapeau en savait assez pour tout de suite. Il cogita sur ce qu'il avait lu de la déclaration et se demanda pourquoi Benjamin Paré se faisait délibérément connaître de la police alors qu'il était jusque-là bien peinard. Et que serait la suite de cette déclaration? Quel en était le but? À le lire, il avait l'air de drôlement la connaître. Pourtant, les quelques extraits du journal et de la correspondance de Dora qui parlaient de lui n'en traçaient pas un portrait flatteur. Puis, il se souvint: *Bien sûr, je rencontre quelquefois*

Vincenze et Benjamin, mais ils ne seront jamais mes amants. Quantité de noms tournoyaient dans sa tête... *Voilà le chaînon manquant! Vincenze et Benjamin.* Ils devaient se connaître! Pourtant, encore une fois, son nom n'apparaissait dans aucun des rapports relatifs à l'affaire Cabrelli. C'était probablement lui, le nom absent de la liste que Richard pressentait. Et qu'avait dit à la radio Isabelle Laurent? Que Dora ne se méfiait pas assez de quelqu'un qu'elle connaissait depuis longtemps. *Il lui a fait faire des doubles de ses clés. Il les connaît toutes deux depuis l'enfance. Et elles sont mortes.*

Chapitre 13

La notaire, Macha Klimov, avait été assez vague au sujet de la remise du journal à Isabelle. Elle n'avait pas cru qu'un *simple journal*, fût-il celui de la victime, pourrait aider les policiers dans leur enquête. Richard et Marcel avaient appris, par l'entremise du propriétaire de la laverie automatique, que Macha avait eu jadis un très fort béguin pour Massimo. Elle avait donc elle aussi un mobile, et elle avait le même genre d'alibi — très facile à fabriquer — que Damien Dubois: une soirée au cinéma. Les deux hommes s'étaient rendus avec elle au cinéma Égyptien et la guichetière de service le soir du 7 mars ne l'avait pas reconnue. Elle avait évidemment parlé d'un film qui était véritablement à l'affiche à cette date, soit *Coups de feu sur Broadway*. Elle leur a confié se rendre souvent au cinéma le mardi à cause du prix d'entrée réduit de moitié.

Quant au jeune camelot, Didier Lefrançois, il avait tout simplement oublié la livraison de *l'enveloppe brune* à la notaire. Les deux compères avaient trouvé cela bien curieux. Quand les policiers l'avaient rencontré, il avait les cheveux en bataille et semblait nerveux. Il était possible que la notaire lui ait demandé, moyennant commission, de garder le silence concernant ce paquet, mais dans quel but? Et il fallait alors qu'elle ne se doute absolument pas qu'Isabelle remettrait le journal à la police...

Ils n'avaient rien appris de plus de la part de Jobin qui, leur semblait-il, *patinait assez bien*, c'est-à-dire savait déjouer les pièges. Les analyses du sang prélevé sur le couteau révélaient deux types de sang dont, bien sûr, celui de Dora McLeod. Pour ce qui est de l'autre: *Aurait-elle tenté de se défendre avec ce couteau? C'était impossible puisqu'elle avait été endormie et qu'il n'y avait aucune trace de bagarre!* se répétait Richard.

Quoi qu'il en soit, la première chose que Drapeau et Poirier firent en ce jour de printemps de l'année 1995 fut de retourner voir le psychanalyste pour savoir si Dora lui avait déjà confié quelque chose à propos de ce Benjamin. Ils voulaient avoir le plus d'outils en main avant de le rencontrer. À force d'insistance et de persuasion — l'argument massue étant qu'il s'agissait d'une cause de meurtre — ils réussirent à obtenir des extraits enregistrés, dont les dates avaient été effacées, de plusieurs séances de thérapie de Dora. Richard se demanda, par acquit de conscience, si le psychanalyste aurait pu tomber amoureux de Dora et si cela aurait pu l'entraîner vers cet horrible meurtre. La réponse était non, il en était certain.

Il espérait déceler, dans la belle voix grave de Dora contenue sur ces enregistrements, une indication qui le lancerait sur une piste intéressante et, surtout, une confirmation que ce Benjamin constituait bel et bien le suspect numéro un. Mais Richard savait, par expérience, qu'il n'était pas bon de mettre tous ses œufs dans le même panier. Voilà pourquoi il s'efforçait de conserver des doutes et de soupeser différentes hypothèses. Trois des extraits enregistrés, dont les dates avaient été effacées, avaient retenu particulièrement son attention.

Séance du ?

— Pouvez-vous me raconter une histoire qui vous a marquée?

— Euh... Laissez-moi y réfléchir... Oui, il s'agit de quelque chose que nous a raconté mon père lorsque j'avais environ huit ans. Nous traversions un pont et avons aperçu un bateau sur les eaux. Je ne me souviens pas à quel endroit c'était. Sur le mât flottait un drapeau blanc sur lequel était dessiné le contour d'une main en rouge avec des gouttes de sang qui semblaient s'écouler du poignet. Mon père nous raconta l'histoire liée à ce drapeau. La voici: Un père avait une importante flotte de bateaux qui constituait toute sa fortune. Un jour, il décida de léguer, de son vivant, la flotte à un de ses fils. Pour ce faire, il organisa une course entre les deux fils, dont les véhicules seraient de simples barques de bois avec des rames. Il déclara que le premier qui toucherait le quai de sa main gauche posséderait désormais la flotte. Peut-être le père avait-il déjà une idée de celui qui l'emporterait, sûrement son préféré, je n'en sais rien. Toujours est-il que celui des fils qui était en train de perdre et qui avait certainement prévu l'issue de la course prit, dans le fond de sa barque, une hache qu'il avait emmenée. Sans hésiter un seul instant, il se hacha la main gauche d'un coup sec et la lança sur le quai. Ce fut donc lui qui toucha le quai le premier de sa main gauche. Il devint l'héritier unique de la flotte de bateaux de son père, que celui-ci l'ait voulu ou non...

— Que retirez-vous de cette histoire?

— Bien, premièrement, que l'égalité des sentiments à l'égard de plusieurs enfants n'est probablement qu'un leurre. Et deuxièmement, qu'elle peut mener à une telle haine... Je suis convaincue qu'il s'agissait de quelque chose de beaucoup plus fort que le désir de posséder la flotte, le fils qui s'est coupé la main avait voulu changer le cours de son destin, rétablir un équilibre, enfin, effacer une injustice qu'il ressentait depuis sa naissance. Je n'ai jamais su si cette histoire était vraie, mais je l'interprète comme cela et la trouve aussi puissante qu'une tragédie grecque.

— Parce qu'elle parle, pour qui sait lire entre les lignes, d'un possible manque d'amour?

— Oui, le manque d'amour est la plus grande tragédie. Il faut quelque chose de très puissant pour extirper le mal qu'il crée.

— Et vous avez souffert vous-même de ce manque d'amour?

— Sans aucun doute.

* * *

Séance du ?

— Dora, vous arrive-t-il encore de faire des rêves de nature symbolique?

— Oui.

— Notez-vous toujours soigneusement les éléments de vos rêves dont vous vous souvenez le plus?

— Oui.

— Racontez-moi votre dernier rêve.

— C'était ce matin. J'étais avec plusieurs amis autour d'une table où se trouvaient toutes sortes de bonnes choses: des fruits, des desserts, un couscous, du vin et... je ne me rappelle plus les autres choses...

— Continuez.

— Benjamin était assis en face de moi.

— Cet ami d'enfance dont vous m'avez déjà parlé?

— Oui. Il mangeait comme les autres, mais, à un certain moment, il me regarda avec des yeux différents des siens. Vous savez, c'étaient des yeux jaunes avec cette luminosité propre aux loups-garous dans certains films d'horreur...

— Quel effet vous ont fait ces yeux?

— Ça me mettait mal à l'aise, car j'y décelais du désir et de la haine... Ils me faisaient peur.

— Et dans la vraie vie, que ressentez-vous pour Benjamin?

— Pour être franche, je n'ai jamais été parfaitement bien en sa présence. Il est trop catégorique d'une part, et parfaitement mollasson d'autre part.

— Expliquez-vous.

— Par exemple, il peut avoir certains jugements très tranchants sur les choses, des jugements très discutables à mon avis mais qu'il a pigés ici et là. Il n'a aucune espèce de personnalité et se forge des idées, à la suite de lectures par exemple, mais comme il n'a aucun sens critique... Il intègre des données auxquelles il ne comprend strictement rien et les régurgite. Il ressemble alors à un parfait fasciste qui énonce des dogmes. Il imite constamment quelqu'un. Par ailleurs, dans les actes, c'est une véritable chiffe molle, d'une dépendance morale, financière, affective que vous ne pouvez imaginer... Il est terne au-delà de toute expression.

— Mais pourquoi continuez-vous à le voir?

— Il me fait pitié. Vous savez, quand j'étais petite, j'ai tenté plusieurs fois de m'en défaire... mais il est comme une sangsue et j'ai renoncé depuis longtemps à m'en débarrasser. Maintenant, j'en prends mon parti et je le laisse m'aider pour divers menus travaux, faire des courses pour moi, etc. Quand j'accepte de le rencontrer, il me questionne sans fin sur ma vie, sur ce que j'aime ou n'aime pas. Et on jurerait qu'il veut savoir tout ça pour se préparer à passer un examen. Il me scrute, m'étudie. C'est curieux, on dirait qu'il veut savoir tout cela par cœur et s'en repaître... Vous savez, il a déménagé et a fait déménager son pauvre père lorsque je suis partie pour Montréal, dans le but évident de me suivre. Il avait déjà travaillé avec son père il y a longtemps... il n'obtient que de petits boulots de temps en temps, mais n'en veut pas davantage. Il faut toujours qu'il ait son père et moi à portée de main, si je puis dire.

— Et ne trouvez-vous pas que le fait d'accepter de le voir de temps en temps entretient chez lui des illusions malsaines?

— Je ne le sais pas. Mais une chose est sûre, je n'ai jamais su comment m'en défaire. Je ne sais pourquoi, c'est la seule personne qui me fasse ressentir de la culpabilité. Non, ce n'est pas tout à fait exact. Par exemple, j'aurais bien voulu aimer Isabelle de la même manière qu'elle m'aime. En fait, ce manque d'amour dont je vous ai déjà parlé précédemment et dont j'ai tant souffert, j'ai peur de l'infliger à quelqu'un d'autre. Je ne voudrais, pour rien au monde, faire souffrir quelqu'un.

— Vous seriez coupable de ne pas aimer Benjamin, en somme...

— Oui, et je sais ce que cela a de terrible de ne pas être aimé.

— Mais son père l'aime, n'est-ce pas?

— Probablement, mais ça ne peut remplacer l'amour d'une amante...

— Pour ce qui est d'Isabelle, vous a-t-elle fait des avances à caractère sexuel?

— Oui. Et j'avais peur, en la repoussant, de perdre son amitié... mais elle a fait ensuite comme si ça ne s'était jamais produit.

— Et de toute façon, vous n'avez pas, il me semble, à porter le poids de tous les mal-aimés de la terre sur vos épaules, non?

— Bien sûr, mais vous savez, chaque fois que je vois Benjamin, je prends une grande respiration et quand c'est fait, je soupire de satisfaction en me disant que j'ai accompli une bonne action.

— Il vous aide à vous sentir bonne, donc à vous aimer vous-même?

— Oui, en quelque sorte.

* * *

Séance du ?

— Dora, pourquoi ne voyez-vous presque jamais votre famille?

— Je n'y ai pas ma place.

— Je vous en prie, expliquez-moi.

— Mon semblant de famille est comme les petits singes souvent illustrés: mains sur la bouche, sur les oreilles et sur les yeux. Tout ce qui compte est leur petit monde. Je ne vois rien, je n'entends rien et ne dis rien.

— Ensuite?

— Euh... je n'y ai pas ma place parce qu'il y a un culte tacite mais essentiel dans ma famille comme dans d'autres familles, et qui ne me concerne en rien. C'est le culte de la *mamma*.

— C'est-à-dire?

— C'est-à-dire le culte de celle qui procrée. Ma mère ne rêve que d'une chose: qu'on la fasse grand-mère. Elle ne parle que de ça. Toute autre réalisation n'a aucun intérêt à ses yeux. Dommage que cet intérêt à l'égard des enfants ne se soit pas manifesté quand j'étais petite... Quoi qu'il en soit, selon toute apparence, sur ce plan-là, je ne l'ai pas comblée. Évidemment, elle ignore que j'ai une enfant que j'ai fait adopter par ma meilleure amie... D'ailleurs, vous êtes la seule personne au courant de ce fait, à l'exception de la mère adoptive, bien sûr... Mais, heureusement pour ma mère, ma sœur et son mari étaient tout disposés à combler ses vœux au-delà de ce qu'elle espérait. Ils s'en sont fait une vocation et s'attendent à ce qu'on les béatifie pour cela. Ils brandissent le spectre de la sacro-sainte famille unie à la moindre occasion et font parader leurs gosses avec des arrière-pensées aussi décelables que la valeur d'un chiffre sur un billet de banque. Un peu comme dans la pièce *La chatte sur un toit brûlant*. Mais il faut bien admettre que cela convient aux deux parties. Et cela est tout à fait admis socialement et même, encouragé.

— Et vous là-dedans?

— Moi? Ayant depuis longtemps coupé le cordon ombilical, je suis beaucoup moins intéressante.

— Mais vous avez surtout parlé de votre mère, qu'en est-il de votre père?

— Bien sûr, il aime probablement lui aussi ce mode de vie... mais je crois que, d'une certaine façon, on l'a rejeté comme une carte au bridge. Il est là, bien sûr, mais vidé de sa substance, comme une marionnette qu'on actionne pour certaines choses. Bref, il a dû s'adapter aux priorités des autres. En fait, il n'y a que son boulot qui compte pour lui...

— Et si je comprends bien, parce que vous ne faites pas partie de ces priorités, vous êtes, vous aussi, rejetée?

— Oui.

— Et le fait que vous soyez une écrivaine connue, que l'on parle de vous dans les journaux?

— Cela ne les intéresse pas. Et ça, ça ne leur plaît pas... Je fais des choses trop différentes. C'est pourquoi même si demain je me présentais avec ma fille, nous serions traitées comme deux étrangères. Nous ne satisferions pas leurs exigences, j'en suis certaine. Il y a probablement un autre élément qui m'échappe... Peut-être ai-je été adoptée? Une des choses que l'on m'a répétée sans arrêt étant jeune, c'est: *tu n'es pas comme les autres.* J'ai fini par le croire...

— Et ça vous éloigne de votre famille, si je suis votre raisonnement.

— Ça m'est complètement égal...

— Si ça vous est égal, pourquoi leur en voulez-vous?

— Je ne leur en veux pas.

— Vous m'avez déjà dit que vous leur en vouliez.

— C'était pour d'autres raisons...

— Vous voulez m'en parler?

— Non, pas aujourd'hui.

— Selon vous, votre famille pratique une certaine forme de ségrégation mentale... Est-ce que cela pourrait être éventuellement réparé?

— Non, ça demanderait des siècles de rattrapage.

* * *

Richard interrompit l'écoute des enregistrements. *Encore ce Benjamin. Dora avait peur de lui. Je vais le convoquer afin qu'il vienne au poste s'expliquer au sujet de sa déclaration*, se dit Drapeau. *Ensuite, nous irons fouiller son appartement.* Il avait écouté et réécouté à plusieurs reprises ces trois dialogues, parce qu'à leur façon, ils en disaient plus que tous les autres. Les autres extraits dont Richard et Marcel disposaient faisaient ressurgir de pénibles souvenirs refoulés, sans aucun doute, mais Dora y avait une voix de petite fille, elle était en plein processus de régression. Par contraste, sur ces trois extraits, elle s'exprimait en adulte.

Richard Drapeau ne croyait pas que sa famille ait été impliquée de quelque façon que ce soit dans le meurtre, mais il voulait bien saisir la personnalité de Dora grâce à la chance qui lui était donnée d'analyser ses rancœurs, ses faiblesses d'être humain, ses réminiscences. Ce ressentiment, de part et d'autre, il savait que c'était toujours le même phénomène qui se répétait: une vie entière vécue en réaction à l'enfance. Richard trouvait dommage que Dora et ses parents ne se soient pas réconciliés avant sa mort. Puis il savait bien, quant à lui, qu'un parent n'était jamais comme un grand-parent. Délivrés des soucis rattachés au rôle purement parental, les grands-parents, mieux aguerris, se plongeaient avec délices dans leur nouveau rôle, beaucoup moins astreignant. Cela avait toujours été. Même s'il ne croyait pas aux liens du sang, il savait qu'une vie pouvait devenir plus sereine grâce au pardon et à la réconciliation. Cela lui était arrivé personnellement avec ses parents. Il était parti de la maison, comme Dora, en mauvais termes. Puis, il ne savait comment, la réconciliation s'était faite petit à petit et avant que ses parents meurent tous deux dans une collision, ils s'étaient rapprochés puis compris. Richard savait que sa vie était meilleure aujourd'hui grâce à cela. Si ses propres parents étaient morts sans ce rapprochement, toujours il aurait traîné comme un boulet le poids de ses remords. Peut-être que ce qui était perçu comme une indifférence des parents à l'égard d'un enfant n'était que lucidité: les parents savaient d'instinct qu'un enfant avait plus besoin d'eux qu'un autre et ajustaient leur tir en conséquence; ils pouvaient se tromper parfois, mais ce n'était pas toujours une question de préférence, du moins voulait-il le croire. De même qu'il voulait croire que, dans la plupart des cas, les parents faisaient de leur mieux. Il était certain que c'était le cas pour ceux de Dora.

Richard se demandait aussi si la blessure au poignet gauche de Dora avait un lien avec l'histoire de la main coupée du deuxième enregistrement. Il était de plus en plus certain que le sang relevé sur le couteau en plus de celui de Dora était celui de Benjamin. Et surtout, il percevait ce qu'avait pu être cette relation entre Dora et Benjamin: tout d'un côté, rien de l'autre... Enfin, cette relation était basée sur la culpabilité, comme beaucoup de cas d'amour non partagé. Somme toute Dora, malgré son désir, était plus près de l'esprit de sacrifice de Mélanie Wilkes que de la fière indépendance de Scarlett O'Hara.

* * *

— Richard, nous avons mis à jour, en nous basant sur nos premières conclusions, la liste des suspects. Il reste très peu de noms...

— Parfait, donnez-la-moi.

La liste était on ne peut plus courte. Il lut: François Jobin, Damien Dubois, Bruno Morel, Macha Klimov, Alain Jacob, Benjamin Paré et ce Roberto qu'ils n'avaient jamais pu retracer. Il entoura au crayon rouge, sur la liste, le nom de Benjamin Paré.

Chapitre 14

Benjamin Paré donnait à manger aux pigeons dans le parc faisant face à son appartement. Un cabriolet blanc était garé non loin de là, dans la rue. Donner à manger à des animaux était le seul acte de générosité dont il était capable. Pour lui, chaque sou dépensé était comptabilisé. Chaque fois qu'il levait le bras droit se détachait une longue cicatrice à l'intérieur de son poignet dodu. Il avait lui-même suturé la plaie. Il avait l'air d'un vieil homme mais n'avait que trente ans. Et même à cet âge, il était peu autonome: plutôt que de se rendre au dépanneur ou à la quincaillerie chercher quelque chose qui manquait, il appelait son vieux père qui lui prêtait ou, plus souvent, lui donnait ce dont il avait besoin. C'était autant d'économisé... Presque jamais personne ne l'avait vu sortir son portefeuille. Pas étonnant qu'il ait échappé à l'enquête de la police au départ, car toute sa vie il n'avait dû être qu'un passant anonyme. C'était le genre de personne qu'on oublie immédiatement après l'avoir rencontrée. Un peu comme certains insectes, il se confondait avec ce qu'il y avait autour de lui et dans ce cas précis, comme pour les insectes, cela lui avait permis d'échapper, pendant un certain temps, à un prédateur, en l'occurrence la police. Pas étonnant non plus que François Jobin n'ait jamais mentionné ce nom puisque Dora et lui ne parlaient que de choses essentielles!

Benjamin entendit la sonnerie du téléphone provenant de sa cuisine. Lançant le reste du pain à toute volée, il courut pour y répondre. Son petit chimpanzé, Petra, avait déjà décroché le combiné. Ce singe, il en avait hérité lors du décès de sa tante. Il mangeait la même chose, ou à peu près, que Benjamin. Lorsque ce dernier préparait un repas, il avait l'impression de le faire pour un couple, son couple.

— Allô, allô, disait distinctement la voix sèche qu'on entendait en provenance des petits trous de l'appareil.

— Ici Benjamin.

— Monsieur Paré, j'ai reçu votre déclaration concernant l'affaire Dora McLeod et j'aimerais vous rencontrer au poste de police, je suis l'inspecteur Drapeau.

— Euh... Oui, bien sûr, j'y vais tout de suite.

Richard Drapeau se frottait les mains de satisfaction.

— Cette fois, je crois que nous tenons notre homme. Annie, préparez un mandat de perquisition. Nous en aurons besoin plus tard. Il faut que je travaille d'abord le suspect.

Mais Benjamin avait d'autres projets. Après avoir enlevé son pardessus crasseux, il prit soin de regarder sa vilaine tronche devant le miroir: des yeux sans éclat, le cheveu rare, l'air veule.

Il avait entraîné Petra à faire un petit jeu avec lui. Il se parait de son plus beau costume et se couchait sur le lit. À l'aide d'un code propre à ce jeu, il appelait alors Petra. L'animal arrivait avec un revolver qui, bien entendu, n'était pas chargé, et le posait contre la tempe de Benjamin. Petra semblait trouver le revolver lourd au début, mais il s'était habitué à le tenir des deux mains, en pressant la détente de son index droit. Ça ne lui avait pris que quelques jours grâce à un régime de bananes bien fourni. Mais Benjamin lui faisait pratiquer cette scène en prévision d'une autre qui n'avait, elle, rien de ludique. Le jour J, il donnerait à Petra le même flingue, mais chargé et ainsi le pauvre petit, pensant jouer la scène et ignorant tout des machinations humaines, accourrait à son appel et appuierait sur la gâchette. Normalement, Benjamin criait: *Ah! je suis mort!* puis il prenait Petra par la main et ils faisaient les fous, ils sautaient sur le matelas comme des enfants jusqu'à en être complètement épuisés. La dégustation d'une banane suivait ce rituel. Cette fois, il y eut un vacarme assourdissant. Petra laissa tomber l'arme en tremblant et en criant. Il criait, il criait, sa détresse fut perçue par presque tous les voisins de cette rue qui accoururent et virent cette chose horrible.

Chapitre 15

Richard Drapeau lut d'un air las le manuscrit trouvé dans le tiroir du secrétaire de Benjamin Paré, où il était écrit que cela constituait la suite de la déclaration envoyée par la poste.

Pourquoi fait-on telle chose... pourquoi pas telle autre? Est-ce la pleine lune? Est-ce le changement de saison? Quelles erreurs ne répète-t-on pas? La première grande erreur (la naissance) présuppose toutes les autres. La mort est-elle une erreur? Ça dépend. Il y a des êtres ici-bas qui jouissent d'un optimisme à toute épreuve et quand leur mort arrive, ça paraît choquant, incompréhensible, voire impossible. Et puis il y a les autres, constamment écorchés, enragés, incapables de ressentir le moindre soupçon de (oserais-je le dire?)... de bonheur, voilà. On est alors à peine étonné de retrouver ceux-là pendus, noyés, empoisonnés. Ils se donnent la mort comme ils prennent leur petit déjeuner. Toutefois, il arrive que ces derniers cachent bien leur jeu en société. C'est-à-dire qu'ils ont l'air tout à fait joyeux à peu près partout. On perçoit bien ici et là quelque note discordante qui les catégorise d'emblée dans les phénomènes bizarres mais, en général, les efforts qu'ils fournissent pour dégager la joie de vivre portent leurs fruits... car il s'agit bien d'efforts. Donc, la véritable personnalité n'est révélée qu'à l'intime suprême, l'amant, le mari ou... l'ami proche.

Je me considérais comme un des amis proches de Dora McLeod. Je me suis toujours arrangé pour faire partie de son environnement immédiat. Il n'y a qu'une absence de plusieurs mois, dans sa jeune vingtaine, que je n'ai jamais pu m'expliquer. Elle n'a pas voulu me dévoiler la raison de cette absence secrète et j'ai toujours soupçonné un avortement. Malgré tout, Dora semblait toujours me préférer sa copine Isabelle ou ce stupide Jobin chez qui j'ai travaillé à quelques reprises. Elle lui avait parlé de moi alors qu'il cherchait quelqu'un pour effectuer de menus travaux. Et je voyais bien, à la façon dont il me traitait, qu'elle n'avait pas parlé de moi comme étant un de ses grands amis. Par contre, je remarquai que, chez Jobin, il y avait des objets appartenant à Dora... Ça m'enrageait. QU'AVAIT-IL DE PLUS QUE MOI?

Dora était une de ces écorchées, toujours à la recherche d'absolu. Elle aurait voulu tout être: aimait-elle une cantatrice qui lui mettait les larmes aux yeux, voilà qu'elle aurait aimé, qu'elle aurait DÛ être chanteuse d'opéra. Voyait-elle un documentaire sur les dinosaures, voilà qu'elle était presque prête à se recycler en archéologie, en paléontologie et en anthropologie qui étaient, elle aurait pu le jurer, ses vraies passions. Je pourrais citer je ne sais combien d'exemples de cette nature. Son corps arrivait à peine à contenir ces flots d'enthousiasme

suivis d'autant de périodes d'abattement profond.
Elle voulait être tant de choses! Vers l'âge de vingt
ans, cela allait encore. Mais plus elle vieillissait, plus
cela devenait difficile pour elle d'accepter le pas-
sage inéluctable des années. Même sa renommée
en tant qu'écrivaine ne lui suffisait plus. Trop tard,
dans la presque trentaine, pour seulement oser
rêver être LA danseuse étoile d'un corps de ballet,
alors qu'on n'a chaussé le satin qu'une fois ou deux.
Trop tard aussi pour envisager devenir pianiste de
concert alors qu'on n'a pas effleuré un clavier depuis treize ans. Ainsi je la voyais dépérir, subir des
vagues de dépression de plus en plus fréquentes
qui déferlaient chaque fois qu'un regret de cette
nature affleurait. C'était une insatisfaite notoire.
D'un certain côté, moi qui n'avais jamais rien réussi,
ça me choquait. Tout ce que j'avais fait dans la vie,
je le devais à d'autres. Un seul mot de mon père
et j'étais casé. Aussi incroyable que cela puisse
paraître, je n'ai jamais eu à rédiger un curriculum
vitae. Je n'avais qu'à me présenter aux gens qu'il
connaissait... le poste était donné d'avance. Je n'ai
jamais eu à vendre ma salade à des étrangers dans
des entrevues bidon. Tout me tombait tout cuit dans
le bec. Si j'avais voulu faire des études, je n'aurais eu
aucun tracas d'argent, tout aurait été payé par lui.
Mais je n'ai jamais aimé vraiment l'école. J'étais
enfant unique et je n'ai jamais eu à payer un démé-
nageur, par exemple. Je n'ai jamais payé une fac-
ture de restaurant de ma vie sauf mes cafés lorsque
je rencontrais Dora. Pour elle, ça a été différent...
Toute sa vie, elle s'est battue pour faire ce qu'elle
voulait et se payer ce qu'elle voulait... Elle a réussi
à s'imposer dans un lieu, dans un milieu tout à fait
inconnus d'elle au départ.

Elle livrait toujours un combat contre quelque chose ou contre quelqu'un et elle était la persévérance incarnée. Elle comprenait que je sois gâté, mais je crois qu'elle m'a toujours méprisé parce que jamais je n'ai pris de risques. Je me suis moi-même coupé les ailes. Quant à elle, je suis certain qu'elle devait gigoter en diable dans le ventre de sa mère.

Évidemment, après l'accident, cela fut pire en ce qui a trait à ses dépressions. La courte période pendant laquelle elle vécut avec celui qu'elle appelait son Apollon fut une période de rémission. Laissant de côté ses multiples ambitions, elle se jeta dans l'amour comme on plonge dans un lagon qui nous apparaît après la traversée d'un désert. Malgré tout, je ne croyais pas que ce Massimo fût l'homme qui devait la rendre heureuse. Quand je songe qu'il l'emmenait à la pêche alors QU'ELLE N'AVAIT JAMAIS VOULU M'Y ACCOMPAGNER, MOI! Et elle ne me voyait presque plus à cause de lui. C'est pourquoi, croyant qu'il allait seul au Vermont (c'est ce que j'avais CRU comprendre, mais je sais maintenant que Dora, pour ne pas me peiner, utilisait le moins possible le «nous» dans ses conversations avec moi), je trafiquai les freins de la voiture de Massimo garée dans la petite cour arrière de leur logis. Pendant que je m'exécutais, il était assez tard et la fenêtre de leur chambre à coucher donnant sur leur balcon-terrasse qui lui, donnait sur le stationnement, je crus les entendre faire l'amour. Cela augmenta ma hargne et m'aida à finir la besogne.

Heureusement, Dora survécut. Je croyais que, veuve, elle se rabattrait sur moi, en désespoir de cause. Mais je me leurrais.

De mon côté, toujours j'aimerais cette fille et
JAMAIS ELLE NE M'AIMERAIT. Elle aimait les gens
qui se battent pour avoir des choses. J'ai quelquefois pris ombrage de ce fait indiscutable, mais je ne
lui en ai jamais voulu comme je ne lui en ai jamais
voulu de ses multiples talents qu'elle nous jetait à la
figure malgré elle. Ça m'écœurait aussi de sentir,
quelquefois, lorsqu'elle était moins disposée à faire
semblant de s'intéresser à moi, qu'elle ne me ren-
contrait que par pitié et que je ne l'intéressais en
aucune façon... Mais cela a toujours été mon lot
avec tout le monde...

Elle n'aimait pas les mondanités et pourtant il
suffisait d'une seule courte apparition à une soirée
pour qu'elle en devienne la reine. Quand elle a été
célèbre, lorsque cela se produisait, tous les journaux en faisaient état. Il faut dire que c'était
rarissime. J'étais jaloux qu'elle se fasse courtiser par
tant d'autres, qu'elle soit si belle et si talentueuse
mais, sur la tête de ma mère, je jure que jamais je
ne lui en ai tenu rigueur. Mais à force de voir cette
mélancolie la gagner jusque dans ses regards si
expressifs, je commençai à penser vaguement que
je donnerais n'importe quoi pour alléger sa souf-
france. J'avais en tête une pièce de théâtre dont elle
m'avait parlé maintes fois: *On achève bien les che-
vaux.*

Elle n'avait pas vraiment confiance en elle, mais
peut-être en rajoutait-elle en ma présence parce
qu'elle savait pertinemment que de mon côté, je ne
pouvais m'enorgueillir d'aucune réalisation majeure. Mais, plus je la voyais s'étioler, plus un plan
germait dans mon esprit. Je ne pouvais plus la voir
souffrir et, d'un autre côté, je trouvais tellement

illogique QU'ELLE NE ME LAISSE PAS L'AIMER. Pourtant, elle s'était donnée à bien des types qui ne lui allaient pas à la cheville.

Elle m'avait présenté un de ses amis de l'université, ce qui constituait un fait unique en soi, car elle avait honte de moi, j'en avais bien conscience. Mais, cette fois-là, elle n'eut pas le choix puisque je la rencontrai par hasard alors qu'elle était en sa compagnie... Ce fut d'ailleurs une erreur fatale... Peu de temps après cette rencontre, nous allâmes prendre le café chez lui, car celui-ci avait eu la décence de m'y inviter avec Dora, par pure politesse, bien sûr. Vincenze Cabrelli collectionnait les mortiers. Je fus fasciné par ces toques de toutes les couleurs et plus particulièrement par celle qui était rose: elle me rappelait les chaussons de satin rose suspendus au mur de Dora. D'ailleurs, je crois que c'était son mortier qu'elle avait donné à Cabrelli pour sa collection. Du moins, c'est ce que je crus comprendre ce soir-là. Le mortier, symbole de la consécration des connaissances acquises. L'acquisition de connaissances, LA PASSION DE DORA.

Pendant des jours, je n'arrêtai pas de penser à ce maudit chapeau, il m'obsédait. Ce fut l'élément déclencheur de mon plan. Je me dis qu'il fallait que je le vole. Finalement, je demandai à Dora si Vincenze Cabrelli suivait plusieurs cours. *Le lundi matin et le mardi soir, il rencontre le professeur qui dirige sa thèse à l'université*, dit-elle. Le mardi soir, c'était parfait. Quand nous étions arrivés chez lui, je l'avais bien vu prendre sa clé dans la boîte aux lettres pour entrer dans son appartement... J'allai donc voler le mortier rose sans difficulté.

J'avais apporté mon sac à provisions en coton recyclé. Je le mis dedans. Mon plan était simple. J'arrivais chez Dora vers 23 heures. Si elle était sortie, il était certain qu'elle serait revenue à cette heure, car elle était moins noctambule que dans sa jeunesse. Je savais aussi qu'elle ne ramènerait aucun homme, tout endeuillée qu'elle était depuis le drame. Au pis-aller, je sonnerais... ou j'ouvrirais, puisque j'avais la clé (elle m'avait demandé de lui faire tailler des doubles de toutes ses clés, mais ce qu'elle ignorait, c'est que j'en avais profité pour en faire faire des triples); toutefois, ce ne serait peut-être pas nécessaire, elle oubliait si souvent de verrouiller sa porte d'entrée... C'est exactement ce qui arriva... comme je la connaissais bien! (J'aurais de toute façon pu la déverrouiller tout en lui faisant croire qu'elle avait oublié de la verrouiller, elle était si distraite.) Je lui donnai le mortier rose en lui disant que Vincenze venait de me le remettre pour elle. Elle me regarda, paniquée, et dit: *C'est impossible, il est parti chez son ami Benoît après sa rencontre avec son prof. J'étais allée voir une exposition à l'université et je l'y ai rencontré à la sortie.*

Je lui ai dit que c'était vrai et qu'en fait, il me l'avait donné peu de temps après que l'on fut allés chez lui ensemble, mais que c'était un secret entre lui et moi car il voulait le lui redonner en cadeau après que je lui eus expliqué combien il serait joli posé sur le mur à côté des chaussons roses de Dora. La lueur d'inquiétude disparut de ses yeux. COMMENT OSAIT-ELLE RESSENTIR DE L'INQUIÉTUDE DU FAIT DE MA PRÉSENCE, MOI QUI N'AI TOUJOURS VOULU QUE SON BIEN!? *Quelle bonne idée, je t'en remercie! Si on prenait un bon café!* proposa-t-elle enfin.

C'était parfait, j'avais des somnifères pour endormir une armée. Je versai ce qu'il fallait pendant qu'elle s'activait à réchauffer des scones. C'est ainsi que je la tins dans mes bras pendant qu'elle s'assoupissait. Elle n'avait pas paru étonnée que j'arrive ganté de cuir, vu la saison, ni que je ne prenne pas la peine de me déganter. Peut-être savait-elle inconsciemment ce qui arriverait et le souhaitait-elle? Je me suis aperçu qu'elle était allée dans sa chambre à coucher chercher une enveloppe avant de mettre les scones à chauffer et le café en marche. Et avant que j'aie eu le temps de réagir, elle avait jeté cette enveloppe par la fenêtre au-dessus de l'évier. Je me dis que c'était peut-être un appel à l'aide et que je devais faire vite... Lorsqu'elle eut absorbé le somnifère, je l'étranglai comme un petit oiseau, à l'aide d'une cordelette. J'avais apporté avec le mortier un marteau et des clous que j'avais glissés dans mon sac. En guise d'hommage à son intelligence et à ses connaissances, je lui clouai le mortier sur le crâne. Cela me fit un drôle d'effet de planter des clous dans sa belle tête désormais vide, mais je devais le faire, par respect pour elle. Je m'étais dit que pour une fois elle ne pourrait refuser que je couche avec elle, j'en fus cependant incapable... Toutefois, j'avais pris soin de faire, avant de la tuer et alors qu'elle était endormie, ce que j'avais vu dans un film, c'est-à-dire lui entailler le poignet gauche, m'entailler le poignet droit et les frotter l'un contre l'autre. Je pris un couteau qui me semblait bien affûté dans le tiroir de la cuisine et tranchai... Dans le film que j'avais vu, il s'agissait d'une sorte de mariage par le sang. Puis je la tuai. Mon double souhait était réalisé: elle ne souffrirait plus jamais, et aucun homme ne pourrait la toucher désormais.

Quand tout fut terminé, j'allai cacher le couteau portant le sceau de notre sang sous une latte de bois du minuscule cabanon de la cour arrière, tout près du stationnement. Il est certain que j'aurais pu l'essuyer et le jeter au fleuve. Mais je croyais que c'était un endroit sûr, et je ne voulais pas effacer les traces de nos deux sangs, ni faire disparaître si loin l'objet qui avait servi à sceller notre union. Ce qui avait aussi pesé dans cette décision, c'était le fait qu'il n'y avait pas de neige à une époque où souvent plusieurs centimètres sont encore au sol. Les empreintes auraient été assez évidentes sur la neige. Mais je conçois que cette cachette fut une erreur.

Je me rends compte aussi que j'ai par la suite commis une seconde erreur: en effet, j'ai oublié d'aller chercher l'enveloppe jetée par la fenêtre. Cacher le couteau m'en avait distrait. Cependant, j'appelai la police le soir même, d'une boîte téléphonique, afin qu'elle s'occupe de Dora. Je ne me nommai pas et pris une voix différente. Tout a été facile comme dans un roman.

Hélas, rien n'arrive jamais comme on le veut... Probablement que Dora était devenue séropositive à cause de la transfusion de sang reçue consécutivement à l'accident... ou encore à force d'avoir fréquenté tous ces sales types... MAIS ELLE AURAIT DÛ ME LE DIRE.

J'ai appris que j'étais séropositif à la suite d'une récente collecte de sang à laquelle j'ai participé pour pouvoir manger des beignets et boire du café gratuitement... Il faut croire que la présence des anticorps du sida s'est manifestée rapidement dans mon cas puisque pour certaines personnes, cela prend beaucoup plus que trois mois. Mais mon système immunitaire m'a toujours joué des tours... Je me suis mis, aussitôt que je l'ai su, à entraîner Petra pour la scène qui va se jouer dans quelques instants. Ça n'a pris que quelques jours. Ce singe apprend incroyablement vite, il n'était sûrement pas un cancre comme moi à l'école. Blague à part, c'est parce que j'ai contracté cette horrible maladie qu'il m'est égal désormais que mes meurtres soient connus. Ma mort est plus proche que je ne le croyais... Il fallait bien que Dora se mêle de me jouer un dernier tour. Et de toute façon, cela m'apportera à moi aussi un instant de gloire. Le destin de la sublime Dora McLeod est inextricablement lié au mien.

Je savais qu'en postant une déclaration, je mettrais la puce à l'oreille de l'inspecteur chargé de cette affaire, mais de toute façon, entre nous, que donne le meurtre parfait de celle qu'on aime si notre exploit n'est pas reconnu! Et surtout, cette Isabelle Laurent qui menait sa petite enquête, qu'est-ce qui me prouvait qu'elle n'avait pas fait des insinuations sur mon compte à la police? J'étais mieux d'aller au-devant des coups. Peut-être que si je n'avais pas fait ça, ils ne m'auraient même pas retracé, obnubilés qu'ils étaient par la sacro-sainte université! Moi qui n'y ai jamais mis les pieds, j'ai réussi à exécuter LE MEURTRE PARFAIT, LALA-LÈRE! Si je ne m'étais pas retrouvé séropositif, j'aurais livré bagarre et je suis sûr que j'aurais mené ce stupide Richard Drapeau en bateau à ma guise. Ils n'auraient même pas soupçonné que je connaissais Vincenze Cabrelli parce que c'était un ami que Dora avait connu à l'université, assez récemment. Le meurtre de Vincenze Cabrelli n'est qu'une incidence. Idem pour celui d'Isabelle Laurent. J'eus peur que Cabrelli fasse le lien, car il m'avait vu FASCINÉ PAR LE MORTIER ROSE... Avant de mourir, la naïve Dora m'avait dit où il créchait ce même soir, c'est-à-dire chez son ami Benoît. Sans difficulté, j'obtins qu'elle me dise dans quel coin exactement il demeurait. Je le suivis donc à partir de l'appartement de ce Benoît, pendant toute la journée suivante. Ma chance fut qu'il prit le métro très tard à la fin de la journée. Je sais par les comptes rendus des journalistes que le conducteur du métro a vu un homme tout de noir vêtu, avec un chapeau à la Humphrey Bogart enfoncé sur les yeux. Merci de reconnaître mon allure de star!

Pour ce qui est de l'homme posté au guichet à cette heure près de la fermeture, il somnolait quand je suis ressorti en vitesse. Sûrement qu'ils auraient été tous deux d'une parfaite inutilité dans un procès.

Quant à Isabelle, je savais qu'elle faisait sa propre enquête, elle me l'avait confié avec une lueur de défi dans la voix. Je savais, même si je ne demeurais plus dans sa région, où elle allait prendre son café depuis des années. Alors que j'étais en visite à Sherbrooke, après avoir appris ses nouvelles velléités de se croire la parfaite détective, je tentai une première fois de la tuer en fonçant sur elle au volant du cabriolet de mon père. Ce fut à demi raté, mais elle a dû avoir assez peur. Pour ma seconde tentative, ce fut très facile, je l'attendais au stationnement près de l'immeuble où elle avait accordé son entrevue. Il faisait noir: manque de bol pour elle, il n'y avait personne alors que ce devait être très achalandé le jour. J'ai bien vu la peur dans ses yeux. Cela m'a assez réjoui qu'elle perde la moue méprisante qu'elle arborait constamment en ma présence. Je l'ai assommée sans perdre de temps. Elle a bien fait quelques moulinets de ses deux bras impuissants mais, naturellement, c'était moi le plus fort et elle n'a pas eu le temps de crier. La chance était avec moi, aucun témoin... vite, dans le cabriolet, puis le corps en bas du pont...

MAIS JE NE SUIS PAS UN TUEUR EN SÉRIE, JE N'AI PAS PRIS GOÛT AU MEURTRE. J'AI SEULEMENT FAIT CE QUE JE DEVAIS FAIRE. Et je suis fatigué, je dois appeler Petra. J'espère qu'il se remettra vite de son meurtre involontaire.

Épilogue

Heureusement pour Petra, la propriétaire d'à côté avait déjà observé nombre de fois cette curieuse scène, car Benjamin n'aimait pas les rideaux. D'ailleurs, faisant fi de sa laideur, il était un tantinet exhibitionniste. Jamais elle n'aurait songé que cette scène constituât une sorte d'entraînement à l'exécution d'un homme qui désirait en finir mais n'avait pas le courage de le faire lui-même et, préférant en céder la partie odieuse à un ami fidèle, ne faisait montre d'aucun remords à l'idée de le traumatiser pour le reste de ses jours. Benjamin avait commencé l'entraînement de Petra avant de connaître sa séropositivité, au cas où la police découvrirait qu'il était le meurtrier. Puis, par la suite, il avait décidé de mettre lui-même la police au courant de ses actes odieux par l'entremise d'une déclaration écrite. Le pauvre singe fut quelque temps chez le vétérinaire du quartier à qui Madeleine, la voisine, raconta toute l'histoire. Il fut entendu qu'elle adopterait Petra et s'attacherait à lui faire oublier cette tartufferie.

François Jobin repartit pour l'Europe où les pièces de théâtre qu'il avait écrites au fil des ans avaient enfin trouvé preneur. Il épousa même une des comédiennes qui avaient interprété sa pièce préférée. Elle ressemble étrangement à Isabelle.

Bruno Morel, quant à lui, a pu vivre à l'aise un certain temps, rien qu'en vendant le buste de Dora. C'est ce buste, à cause de tout ce qui y était relié, qui le fit connaître et il obtint plusieurs commandes à la suite de cela.

La notaire mourut environ un an après la fin de l'enquête. Elle fut happée par une automobile alors qu'elle se rendait en vélo chez sa mère.

Damien Dubois ne connut jamais protégée plus lucrative que Dora. Les ventes de ses livres triplèrent après sa mort.

Enfin, Richard Drapeau et sa femme divorcèrent d'un commun accord. À la suite de cette enquête qu'il considérait comme le plus grand échec de sa carrière, il prit une année sabbatique pendant laquelle il s'employa, entre autres choses, à résoudre les problèmes bureaucratiques liés à l'adoption de la petite Isadora. Il comptait la présenter à ses grands-parents maternels car beaucoup d'eau avait coulé sous les ponts depuis la mort d'Isabelle et de Dora. Le petite serait pour eux une seconde Dora. À son retour, il demanda et obtint une mutation. Poirier le suivit.

IMPRIMERIE QUÉBECOR
L'ÉCLAIREUR